OP HET LICHAAM GE

Jeanette Winterson

Op het lichaam geschreven

Vertaald door Gerrit de Blaauw

PANDORA

Op het lichaam geschreven is een roman. Elke overeenkomst met levende of dode personen is zuiver toevallig. Alle gebeurtenissen in het boek zijn denkbeeldig.

Pandora maakt deel uit van Uitgeverij Contact
Op het lichaam geschreven verscheen eerder bij
Uitgeverij Contact

Eerste druk, 1993
Tweede, gewijzigde druk, 2002
Derde druk, 2009
Vierde druk, 2010

© 1992 Jeanette Winterson
© 1992 Nederlandse vertaling Gerrit de Blaauw
Oorspronkelijke titel *Written on the Body*
Omslagontwerp Via Vermeulen/Rick Vermeulen
Omslagillustratie © Monsoon/Photolibrary/Corbis
ISBN 978 90 254 4097 8
NUR 302
www.uitgeverijcontact.nl

Voor Peggy Reynolds, met gevoelens van liefde

Mijn dank gaat uit naar Don en Ruth Rendell wier gastvrijheid me de ruimte gaf om te werken. Naar Philippa Brewster voor haar redactionele inspiratie. Naar allen bij Jonathan Cape die zo hard hebben gewerkt om dit boek mogelijk te maken.

Waarom schatten we de liefde pas op waarde als we haar missen?

Het heeft al drie maanden niet geregend. De bomen exploreren de bodem door noodvoorraden wortels de grond in te sturen, wortels als scheermessen om elke waterrijke ader te openen.

De druiven zijn verschrompeld aan de wijnstok. Wat goedgevuld en stevig hoort te zijn, zich tegen aanraking zou moeten verzetten om zich pas in de mond te geven, is sponzig en vol blaasjes. Dit jaar niet het genotvol heen en weer rollen van blauwe druiven tussen duim en wijsvinger zodat mijn handpalm naar muskus gaat ruiken. Zelfs de wespen mijden het smalle bruine stroompje. Zelfs de wespen dit jaar. Het is niet altijd zo geweest.

Ik denk aan een bepaalde septembermaand: Geelbruinoranje Nacht van Houtduif en Admiraalvlinder. Jij zei: 'Ik hou van jou.' Hoe komt het toch dat we de minst originele woorden die we tegen elkaar kunnen zeggen nog steeds zo dolgraag willen horen? 'Ik hou van jou' is altijd een citaat. Jij hebt het niet als eerste gezegd en ik ook niet, maar wanneer jij het zegt en wanneer ik het zeg praten we als wilden die drie woorden hebben gevonden en ze aanbidden. Ik heb ze aanbeden maar nu ben ik alleen op een rots die uit mijn eigen lichaam is gehouwen.

CALIBAN   De spraak leerde ik van u, maar al het nut
          Is, dat ik vloeken kan. Hale u de pest
          Voor 't leren van uw taal!

Liefde wil zich uiten. Ze blijft niet roerloos en zwijgend, braaf en bescheiden in een hoekje zitten, zichtbaar maar niet hoorbaar, o nee. Ze barst uit in lofzangen, de hoge noot die het glas verbrijzelt en de vloeistof doet stromen. Geen natuurbeschermster, de liefde. Het is een jaagster op groot wild en jij bent het wild. Spel van de wilde jacht, maar ik vervloek het. Hoe kun je doorgaan met een spel als de regels telkens veranderen? Ik noem me Alice en ga croquet spelen met de flamingo's. In Wonderland speelt iedereen vals, en liefde is Wonderland, ja toch? Liefde houdt de wereld draaiende. Liefde is blind. Als het goed zit met de liefde komt de rest vanzelf. Er is nog nooit iemand aan een gebroken hart gestorven. Je komt er wel overheen. Het wordt anders als we getrouwd zijn. Denk aan de kinderen. De tijd heelt alle wonden. Wacht je nog steeds op de ware Jakob? de ware Jakoba? en misschien op de kleine Jaapjes?

De clichés zorgen voor de problemen. Een scherp omlijnde emotie vraagt om een scherp omlijnde verwoording. Als mijn gevoel niet scherp omlijnd is, moet ik het dan liefde noemen? Liefde is zo angstaanjagend dat ik me gedwongen zie haar onder een afvalbak vol roze knuffeldieren te vegen en mezelf een wenskaart te sturen met de tekst 'Gefeliciteerd met je verloving'. Maar ik ben niet verloofd, ik ben radeloos. Ik kijk wanhopig de andere kant op om ervoor te zorgen dat de liefde mij niet ziet. Ik wil de verwaterde versie, het slordige taalgebruik, de triviale gebaren. De doorgezakte fauteuil van de clichés. Niks aan de hand, miljoenen achterwerken hebben hier vóór mij gezeten. De veren zijn versleten, de bekleding is vies en vertrouwd. Ik hoef niet bang te zijn, kijk, mijn opa en oma zaten er al, hij met een stijf boord en een clubdas om, zij in wit mousseline, strak gespannen rond het leven eronder. Zij zaten er, mijn ouders zaten er, en nu ga ik op weg, met uitgestoken armen, niet om jou te omhelzen maar om mijn evenwicht te bewaren terwijl ik slaapwandelend naar die fauteuil loop. Wat zullen we gelukkig worden. Wat zal iedereen gelukkig worden. En ze leefden nog lang en gelukkig.

Het was een hete zondag in augustus. Ik liep pootjebadend door het ondiepe deel van de rivier waar de kleine vissen hun buikjes aan de zon blootstellen. Aan weerskanten van de rivier had het gepaste groen van het gras plaats gemaakt voor een bewustzijnsverruimend spetterschilderij van bontgekleurde lycra wielerbroeken en Hawaï-overhemden, *made in Taiwan*. Ze zaten bij elkaar zoals gezinnen dat graag doen: pa met de krant op zijn hangbuik, ma met haar uitgezakte lijf over de thermosfles gebogen. Kinderen dun als zuur- en kaneelstokken. Ma zag jou het water in gaan en hees zich uit haar gestreepte klapstoel. 'Schaam jij je niet, waar al die vreemde mensen bij zijn?'

Jij lachte en zwaaide, je lichaam lichtte op onder het heldere groene water, het zat je als gegoten, het hield je vast, was je trouw. Je draaide je op je rug en je tepels kwamen net boven de waterspiegel uit en de rivier tooide je haar met parels. Je bent roomkleurig op je rode haar na, dat je aan weerskanten flankeert.

'Ik haal mijn man erbij. George, kom even. George, kóm even.'

'Ik zit tv te kijken, dat zie je toch?' zei George zonder zich om te draaien.

Je stond op en het water viel in zilveren stromen van je af. Ik dacht niet na, ik waadde naar je toe en kuste je. Je sloeg je armen om mijn brandende rug. Je zei: 'Er is hier verder niemand.'

Ik keek op en de oevers waren leeg.

Je vermeed zorgvuldig de woorden die spoedig ons persoonlijke altaar zouden worden. Ik had ze al vaak uitgesproken, ze als muntstukken in een wensput laten vallen, in de hoop dat ik zelf werkelijkheid zou worden. Ik had ze al vaak uitgesproken, maar niet tegen jou. Ik had ze als vergeet-me-nietjes geschonken aan meisjes die beter hadden moeten weten. Ik had ze gebruikt als munitie en pasmunt. Ik vind mezelf geen huichelachtig type, maar als ik zeg dat ik van je hou en het niet meen, wat ben ik dan anders? Zal ik je koesteren, je aanbidden, plaats voor je maken, mezelf beter maken voor jou, naar je kijken en je altijd zien, je de waarheid vertellen? En als liefde dat alles niet is, wat is liefde dan?

Augustus. We kibbelden. Jij wilt dat de liefde elke dag zo is als nu, hè? 33 graden in de schaduw. Deze vurigheid, deze hitte, zon als een cirkelzaag door je lichaam. Zijn alle Australiërs zo?

Je gaf geen antwoord, hield alleen mijn hete hand in je koele vingers en liep rustig door in linnen en zijde. Ik voelde me belachelijk. Ik droeg een korte broek met het woord RE-CYCLE als een tatoeage over één broekspijp. Ik kon me vaag herinneren dat ik een vriendin had gehad die het onbeschaafd vond om in korte broek een gedenkteken te bezoeken. Als we een afspraak hadden maakte ik mijn fiets vast aan een hek bij Charing Cross en ging me verkleden in het toilet van het metrostation voor ik haar bij Nelsons zuil ontmoette.

'Wat maakt het uit?' zei ik. 'Hij had maar één oog.'

'Ik heb er twee,' zei ze en kuste me. Het is verkeerd om onlogica af te zoenen, maar ik doe het zelf voortdurend.

Je gaf geen antwoord. Waarom hebben mensen antwoorden nodig? Voor een deel, vermoed ik, omdat een vraag zonder antwoord – bijna elk antwoord is goed – al gauw onnozel klinkt. Ga maar eens voor een klas staan en vraag wat de hoofdstad van Canada is. De ogen staren je aan, onverschillig, vijandig, sommige kijken de andere kant op. Je vraagt het nog een keer. 'Wat is de hoofdstad van Canada?' Terwijl je wacht in stilte, op en top het slachtoffer, ga je aan je eigen verstand twijfelen. Wat is de hoofdstad van Canada? Waarom Ottawa en niet Montreal? Montreal is veel leuker, de espresso is er beter, je hebt er een goede kennis wonen. Wat maakt het trouwens uit, waarschijnlijk wijzen ze volgend jaar een nieuwe hoofdstad aan. Misschien is Gloria vanavond in het zwembad. Enzovoort.

Grotere vragen, vragen met meer dan één antwoord, vragen zonder antwoord zijn moeilijker in stilte te verwerken. Eenmaal gesteld vervluchtigen ze niet en houden ze de geest af van rustiger overpeinzingen. Eenmaal gesteld verwerven ze omvang en substantie, ze laten je struikelen op de trap en maken je midden in de nacht wakker. Een zwart gat slokt zijn omgeving op en zelfs licht kan niet meer ontsnappen. Dan maar geen vragen meer stellen? Dan maar een tevreden varken zijn in plaats van een ongelukkige Socrates? De bio-industrie behandelt varkens wreder dan filosofen, en dus neem ik het risico.

We liepen terug naar onze huurkamer en gingen op een van de eenpersoonsbedden liggen. In geen enkele huurkamer, van Brighton tot Bangkok, passen de sprei en het vloerkleed bij elkaar, en de handdoeken zijn te dun. Ik heb er een onder je gelegd om het laken te beschermen. Je bloedde.

We hadden deze kamer gehuurd, jouw idee, in een poging bij elkaar te zijn voor meer dan alleen een etentje of een nacht of een kop thee achter de bibliotheek. Je was nog getrouwd en hoewel ik het meestal niet zo nauw neem heb ik geleerd die gezegende staat met zijden handschoenen aan te pakken. Vroeger beschouwde ik het huwelijk als een etalageruit die domweg naar een baksteen solliciteerde. De praalzucht, de zelfvoldaanheid, gladheid, krenterigheid, het bange fatsoen. De manier waarop getrouwde stellen met z'n vieren uitgaan, als vier mensen in een paardenpak, de mannen voorop, de vrouwen een paar passen erachter. De mannen halen de drankjes bij de bar terwijl de vrouwen met hun tasjes naar het toilet gaan. Het hoeft niet zo te gaan maar meestal gaat het zo. Ik heb heel wat huwelijken meegemaakt. Nooit naar het altaar maar altijd de trap op. Ik begon te beseffen dat ik telkens hetzelfde verhaal hoorde. Het ging zo.

Binnen. Middag.
Een slaapkamer. Gordijnen halfdicht. Beddengoed teruggeslagen. Een naakte vrouw van een zekere leeftijd ligt op het bed en kijkt naar het plafond. Ze wil iets zeggen. Ze vindt het moeilijk. Een cassetterecorder speelt Ella Fitzgerald, 'Lady Sings the Blues'.

NAAKTE VROUW Ik wilde je zeggen dat ik dit normaal nooit doe. Het heet 'overspel', geloof ik. *(Ze lacht.)* Ik heb het nooit eerder gedaan. Ik denk niet dat ik het nog eens kan. Dat wil zeggen, met iemand anders. O, ik wil het nog een keer doen met jou. Telkens opnieuw. *(Ze draait zich op haar buik.)* Ik hou van mijn man, weet je. Ik hou veel van hem. Hij is niet als andere mannen. Ik had nooit met hem kunnen trouwen als hij zo was geweest. Hij is anders, we hebben veel gemeen. We praten.

Haar geliefde strijkt met een vinger langs de onbedekte lippen van de naakte vrouw, kijkt haar aan. De geliefde zegt niets.

NAAKTE VROUW Als ik jou niet had ontmoet zou ik beslist iets anders zoeken. Misschien een studie aan de Open Universiteit. Ik heb dit nooit gepland. Ik wil hem niet ongerust maken. Daarom kan ik het hem niet vertellen. Daarom moeten we voorzichtig zijn. Ik wil niet wreed zijn, niet egoïstisch. Dat begrijp je toch wel?

Haar geliefde staat op en gaat naar de wc. De naakte vrouw leunt op haar elleboog en vervolgt haar monoloog in de richting van de openstaande badkamerdeur.

NAAKTE VROUW Maak het kort schat. *(Stilte.)* Ik heb mijn best gedaan om je te vergeten maar ik kan blijkbaar niet zonder jou. Ik denk dag en nacht aan je lichaam. Als ik probeer te lezen, dan lees ik jou. Als ik aan tafel ga om te eten, dan eet ik jou. Als hij me aanraakt denk ik aan jou. Ik ben een gelukkig getrouwde vrouw van middelbare leeftijd en het enige wat ik zie is jouw gezicht. Wat heb je me aangedaan?

Overgang naar badkamer. De geliefde huilt. Einde scène.

Het is vleiend te geloven dat jij en alleen jij, de weergaloze geliefde, tot zoiets in staat was. Dat zonder jou dit huwelijk, hoe onvolmaakt ook, deerniswekkend in vele opzichten, op zijn schrale voedingsbodem tot wasdom zou zijn gekomen, of althans niet zou zijn verdord. Het is verdord, ligt slap en nutteloos terneer, de lege schelp van een huwelijk, en de bewoners zijn allebei gevlucht. Sommige mensen verzamelen toch schelpen? Ze besteden er geld aan en stallen ze uit op hun vensterbanken. Andere mensen bewonderen ze. Ik heb eens heel beroemde schelpen gezien, en in de holte van een boel andere schelpen geblazen. Wanneer ik ze zo ernstig had beschadigd dat er geen herstel mogelijk was, draaiden de eigenaars het slechte deel simpelweg uit het licht.

Begrijp je? Zelfs hier op deze besloten plek is mijn syntaxis ten prooi gevallen aan het bedrog. Ik heb die dingen niet gedaan: de knoop doorgehakt, het slot geforceerd, er vandoor gegaan met spullen die ik niet mocht meenemen. De deur stond open. Akkoord, ze heeft niet zelf opengedaan. Haar butler heeft de deur voor haar geopend. Hij heette Verveling. Ze zei: 'Verveling, ga een speeltje voor me halen.' Hij zei: 'Komt in orde, mevrouw' en trok zijn witte handschoenen aan zodat er geen vingerafdrukken op mijn hart zouden achterblijven, en ik dacht dat hij zei dat hij Liefde heette.

Denk je dat ik onder mijn verantwoordelijkheid uit probeerde te komen? Nee, ik wist wat ik had gedaan en aan het doen was. Maar ik liep niet naar het altaar, ik ging niet naar het stadhuis om trouw te zweren tot de dood ons zou scheiden. Ik zou niet hebben gedurfd. Ik zei niet: 'Met deze ring huw ik u.' Ik zei niet: 'Met mijn lichaam aanbid ik u.' Hoe kun je dat tegen één persoon zeggen en doodleuk met een ander naar bed gaan? Zou je die gelofte niet moeten breken zoals je haar hebt afgelegd, in het openbaar?

Vreemd dat het huwelijk, een openbare, voor iedereen toegankelijke vertoning, wijkt voor die allergeheimste verbintenis: een buitenechtelijke affaire.

Ik heb eens een geliefde gehad die Bathsheba heette. Het was een gelukkig getrouwde vrouw. Ik kreeg steeds meer het gevoel dat we in een onderzeeboot zaten. We konden het onze vrienden niet vertellen: zij kon het haar vrienden niet vertellen omdat het ook zijn vrienden waren en ik kon het mijn vrienden niet vertellen omdat ze me vroeg dat niet te doen. We zakten steeds dieper weg in onze met liefde beklede met lood beklede doodkist. Het vertellen van de waarheid, zei ze, was een luxe die we ons niet konden veroorloven en dus werd liegen een deugd, een noodzakelijke tactiek. Het vertellen van de waarheid was pijnlijk en dus werd liegen een goede daad. Op een dag zei ik: 'Ik ga het hem zelf vertellen.' Dat was na twee jaar, twee jaren waarin ik dacht dat ze eindelijk, eindelijk wel een keer weg moest gaan op den duur. Het woord dat ze gebruikte was 'schandalig'. Schandalig. Ik dacht aan Caliban, vastgeketend aan zijn ruwe rots. 'Hale u de pest voor 't leren van uw taal!'

Later, toen ik was bevrijd uit haar wereld van dubbele betekenissen en vrijmetselaarssymbolen, ging ik tot diefstal over. Ik had nooit van haar gestolen, ze had haar spullen op een deken uitgestald en me gevraagd een keuze te maken. (Er stond een prijs bij, maar tussen haakjes.) Toen het uit was wilde ik mijn brieven terug. Jouw copyright, zei ze, maar mijn eigendom. Ze had hetzelfde gezegd over mijn lichaam. Misschien was het verkeerd om haar rommelzolder binnen te klimmen en die laatste stukjes van mijzelf terug te pakken. Ze waren makkelijk te vinden, in een grote tas met op een etiket de mededeling dat ze in geval van overlijden aan mij moesten worden teruggegeven. Knap gevonden: hij zou ze ongetwijfeld hebben gelezen maar zij zou er niet meer zijn geweest om de gevolgen voor haar rekening te nemen. En zou ik ze hebben gelezen? Waarschijnlijk wel. Knap gevonden.

Ik liep de tuin in en verbrandde ze één voor één en bedacht hoe makkelijk het is om het verleden te vernietigen en hoe moeilijk om het te vergeten.

Heb ik al gezegd dat dit me herhaaldelijk is overkomen? Je zult wel denken dat ik onafgebroken op zolders van getrouwde vrouwen zit te rommelen. Ik heb inderdaad geen last van hoogtevrees. Wel ben ik bang voor diepten. Het is dan ook eigenaardig dat ik er zoveel heb gepeild.

We lagen op ons bed in de huurkamer en ik voerde je kneuzingkleurige pruimen. De natuur is vruchtbaar maar wispelturig. Het ene jaar laat ze je verhongeren, het volgende jaar overstelpt ze je met liefde. Vorig jaar bezweken de takken onder het gewicht, dit jaar ruisen ze in de wind. Er zijn geen rijpe pruimen in augustus. Zit ik ernaast met mijn aarzelende chronologie? Misschien moet ik zeggen: de kleur van Emma Bovary's ogen of van Jane Eyres jurk. Ik weet het niet. Ik zit nu in een andere huurkamer en probeer terug te gaan naar de plek waar de gebeurtenissen een verkeerde wending namen. Waar ik een verkeerde richting ben ingeslagen. Jij zat achter het stuur maar ik verdwaalde in mijn eigen routebeschrijving.

Toch zet ik door. Er waren pruimen en ik brak ze boven je. Jij zei: 'Waarom maak ik je bang?'

Bang? Ja, je maakt me bang. Je doet alsof we altijd bij elkaar zullen blijven. Je doet alsof er onbeperkt genot is en eindeloze tijd. Hoe kan ik dat weten? Mijn ervaring is dat tijd altijd eindigt. In theorie heb je gelijk, de quantumfysici hebben gelijk, de romantici en de religieuzen hebben gelijk. Eindeloze tijd. In werkelijkheid dragen we allebei een horloge. Als ik jachtig met deze relatie omga, dan komt dat doordat ik bang ben. Ik ben bang dat jij een deur hebt die ik niet kan zien en dat die deur elk moment kan opengaan en dat jij dan gevlogen bent. En wat dan? Wat dan, terwijl ik op de muren bonk als de inquisitie, op zoek naar een heilige? Waar zal ik de geheime doorgang vinden? Voor mij zullen het alleen maar dezelfde vier muren zijn.

Jij zei: 'Ik ga weg.'

Ik dacht: Ja, natuurlijk ga je weg, je gaat terug naar de schelp. Ik ben een idioot. Ik heb het weer gedaan en ik had nog zo gezegd dat ik het nooit meer zou doen.

Jij zei: 'Ik heb het hem verteld voordat we hierheen kwamen. Ik heb hem verteld dat ik me niet zal bedenken, zelfs niet als jij je bedenkt.'

Dit is het verkeerde script. Dit is het moment waarop ik geacht word onverdraagzaam en boos te zijn. Dit is het moment waarop jij geacht wordt in huilen uit te barsten en me te vertellen hoe moeilijk het is om deze dingen te zeggen en wat moet je anders en wat moet je anders en zal ik je gaan haten en ja je weet dat ik je zal gaan haten en er staan geen vraagtekens in deze tekst omdat het een voldongen feit is.

Maar je kijkt me aan zoals God Adam aankeek en ik voel me beschaamd onder jouw blik van liefde en bezit en trots.

Ik wil weggaan en me met vijgenbladeren bedekken. Het is een zonde dat ik er niet klaar voor ben, dat ik het niet aankan.

Jij zei: 'Ik hou van je en mijn liefde voor jou maakt elk ander leven tot een leugen.'

Is deze eenvoudige, duidelijke boodschap de waarheid of lijk ik op die schipbreukeling die een lege fles te pakken krijgt en vol verwachting een bericht leest dat er niet is? En toch ben je daar, hier: als een geest uit een fles, opeens tien keer zo groot, toren je boven me uit, hou je me in je armen als berghellingen. Je hebt vuurrood haar en je zegt: 'Je mag drie wensen doen en ze zullen alle drie uitkomen. Je mag er driehonderd doen en ik laat ze stuk voor stuk in vervulling gaan.'

Wat deden we die avond? We moeten innig verstrengeld naar een restaurantje zijn gelopen dat een kerk was en er een Griekse salade hebben gegeten die smaakte als een bruiloftsmaal. We kwamen een kat tegen die bereid was getuige te zijn en onze boeketten bestonden uit koekoeksbloemen die langs het kanaal groeiden. We hadden ongeveer tweeduizend gasten, voornamelijk dansmuggen, en we vonden dat we oud genoeg waren om onszelf weg te geven. Het zou goed geweest zijn als we daar waren gaan liggen om met elkaar te vrijen onder de maan, maar de waarheid is dat vrijen in de open lucht, behalve in de film en in country-and-westernliedjes, een nogal jeukverwekkende bezigheid is.

Ik had vroeger een vriendin die verslaafd was aan sterrennachten. Ze vond dat een bed in een ziekenhuis thuishoorde.

Ze vond elke plek die niet van springveren was voorzien geschikt om te vrijen. Als je met een donzen dekbed op de proppen kwam zette ze de televisie aan. Ik liet me niet kennen en gaf haar haar zin op campings en in kano's, Engelse treinen en Russische vliegtuigen. Ik kocht een futon, en op het laatst een turnmat. Ik moest extra dikke tapijten op de vloer leggen. Ik kocht een geruite plaid en sleepte hem overal mee naar toe, als een doorgedraaid lid van de Schotse Nationale Partij. Toen ik voor de vijfde keer bij de dokter kwam om een distel te laten verwijderen zei hij tegen me: 'Liefde is iets heel moois, maar er zijn klinieken voor mensen zoals jij.' Het is niet niks als in je ziekenfondsdossier de aanduiding PERVERS komt te staan, en soms gaat een vernedering net één romance te ver. We moesten het uitmaken en hoewel ik bepaalde dingen van haar miste was het prettig door de natuur te kunnen lopen zonder in elk bosje en iedere struik een potentiële aanvaller te zien.

Louise, in dit eenpersoonsbed, tussen deze felgekleurde lakens, zal ik een kaart vinden die me de weg wijst naar de verborgen schat. Ik zal je verkennen en ontginnen en je zult mij opnieuw tekenen zoals het jou goeddunkt. We zullen elkaars grenzen overschrijden en één land gaan vormen. Schep me op in je handen want ik ben goede grond. Eet van me en laat me zoet zijn.

Juni. De natste juni ooit geboekstaafd. We vrijen elke dag. We waren gelukkig als veulens, ongegeneerd als konijnen, onschuldig als duiven in onze jacht naar genot. We dachten er geen van beiden over na en we hadden geen tijd om erover te praten. De tijd die we hadden gebruikten we. Die korte dagen en kortere uren waren kleine offers aan een god die zich niet met brandend vlees tevreden liet stellen. We consumeerden elkaar en kregen weer honger. Er waren korte onderbrekingen, ogenblikken van kalmte zo rimpelloos als een kunstmatig meer, maar achter ons klonk onafgebroken het dreunen van de branding.

Er zijn mensen die zeggen dat seks niet belangrijk is in een relatie. Dat vriendschap en een goede verstandhouding een probleemloze levensweg garanderen. Het is ongetwijfeld oprecht gemeend, maar is het ook waar? Ook ik was tot die overtuiging gekomen. Dat gebeurt vanzelf als je jarenlang de Don Juan hebt uitgehangen en geen ander uitzicht hebt dan een lege bankrekening en een stapel vergelende liefdesbrieven, alsof het schuldbekentenissen zijn. Ik had een eind gemaakt aan de champagne bij kaarslicht, de rozen, het ontbijt bij het aanbreken van de dag, de transatlantische telefoongesprekken en de impulsieve vliegreizen. Ik had dat allemaal gedaan om aan de warme chocola en de warme kruiken te ontkomen. En ik had dat allemaal gedaan omdat ik dacht dat de vurige oven beter moest zijn dan de centrale verwarming. Ik denk dat ik niet kon toegeven dat ik gevangenzat in een cliché dat net zo overbodig was als de rozen naast de voordeur van mijn ouderlijk huis. Ik was op zoek naar de volmaakte paring; het nooit slapende nooit eindigende geweldige orgasme. Extase zonder ophouden. Ik zat diep in de toiletemmer van de liefdesromantiek. Ongetwijfeld zat er in mijn emmer wat meer pit dan in de meeste andere, ik heb altijd een sportwagen gehad, maar je kunt nu eenmaal niet met gierende banden de werkelijkheid ontvluchten. Het huiselijk bestaan achterhaalt je wel. Zo is het gegaan:

Ik onderging de laatste stuiptrekkingen van een verhouding met een Nederlands meisje, Inge. Ze was een overtuigde romantica en een anarcho-feministe. Dat was een lastige combinatie, want het betekende dat ze geen mooie gebouwen in de lucht kon laten vliegen. Ze wist dat de Eiffeltoren een afzichtelijk symbool van fallische onderdrukking was, maar toen haar commandante haar opdroeg de lift op te blazen zodat niemand meer onbewust een erectie zou bestijgen, vulde haar fantasie zich met jonge romantici die over Parijs uitkeken en luchtpostbrieven openden waarop stond geschreven: *je t'aime.*

We gingen naar het Louvre om een Renoirtentoonstelling te bezoeken. Inge droeg haar guerrillapet en haar laarzen om maar niet voor een toeriste te worden aangezien. Ze verdedigde het betalen van de entreeprijs door van 'politieke research' te spreken. 'Kijk die naakten eens,' zei ze, hoewel ik geen aansporing nodig had. 'Overal lichamen, naakt, misbruikt, tentoongesteld. Weet je hoeveel ze die modellen betalen? Ternauwernood de prijs van een stokbrood. Ik zou al die doeken uit hun lijst moeten scheuren en de gevangenis ingaan onder het roepen van *Vive la résistance.*'

Renoirs naakten zijn zeker niet de mooiste naakten van de wereld, maar toen we bij zijn schilderij van La Boulangère kwamen barstte Inge desondanks in snikken uit. Ze zei: 'Ik haat het omdat het me ontroert.' Ik zei niet: 'Zo komen de tirannen in de wereld', maar: 'Het gaat niet om de schilder, het gaat om de verf. Vergeet Renoir en hou het schilderij vast.'

Ze zei: 'Weet je dan niet dat Renoir beweerde dat hij met zijn penis schilderde?'

'Maak je niet zo druk,' zei ik. 'Dat deed hij inderdaad. Na zijn dood vonden ze tussen zijn ballen alleen een oude kwast.'

'Dat verzin je.'

O ja?

Uiteindelijk losten we Inges esthetische crisis op door haar Semtex in een aantal zorgvuldig gekozen urinoirs te deponeren. Het waren allemaal betonnen bouwsels, verschrikkelijk lelijk en duidelijk dienaren van de penis. Ze zei dat ik niet geschikt was als helper in de strijd voor een nieuw matriarchaat omdat ik TWIJFELDE. Dat was een halsmisdaad. Toch was het niet het terrorisme dat ons uit elkaar dreef, het waren de duiven...

Het was mijn taak om de urinoirs binnen te gaan met een kous van Inge over mijn hoofd. Dat zou op zichzelf misschien niet zoveel aandacht hebben getrokken, mannentoiletten zijn tamelijk tolerante oorden, maar toen moest ik die hele rij kerels waarschuwen dat ze het risico liepen dat hun ballen van hun lijf werden gerukt als ze niet onmiddellijk weggingen. Meestal stonden er een stuk of vijf met hun lul in de hand naar het porselein vol bruine strepen te staren alsof het de heilige graal was. Waarom vinden mannen het toch zo leuk om alles samen te doen? Ik zei (het waren Inges woorden): 'Dit urinoir is een symbool van het patriarchaat en moet worden vernietigd.' Daarna (met mijn eigen stem): 'Mijn vriendin heeft zojuist de Semtex plofklaar gemaakt, wilt u nu afronden?'

Wat zou jij doen onder die omstandigheden? Zou een dreigende castratie, gevolgd door een wisse dood, voor een normale man niet voldoende aanleiding zijn om zijn pik af te vegen en weg te rennen? Maar dat deden ze niet. Telkens opnieuw deden ze dat niet, ze schudden alleen minachtend de druppels af en wisselden tips uit over de paardenrennen. Ik ben een zachtaardig type maar ik kan niet tegen onbeschoft gedrag. Ik merkte dat het hielp als ik een pistool droeg.

Ik trok het uit de band van mijn RECYCLE-broek (ja, die heb ik heel lang gehad) en richtte de loop op het dichtstbijzijnde bungelende uitsteeksel. Dat veroorzaakte enige opschudding en één man zei: 'Ben je getikt of zo?' Hij zei dat wel maar ritste vervolgens zijn gulp dicht en nam de benen. 'Handen omhoog JONGEN,' zei ik. 'Nee, afblijven, hij droogt wel in de wind.'

Op dat moment hoorde ik de eerste maten van 'Strangers in the Night'. Het was Inges teken om aan te geven dat we nog vijf minuten hadden, klaar of niet. Zwaaiend met mijn pistool dreef ik de ongelovige jongeheren naar buiten en zette het op een lopen. Ik moest de hamburgerkar zien te bereiken die Inge als schuilplaats gebruikte. Ik wierp me naast haar neer en keek tussen de broodjes door achterom. Het was een mooie explosie. Een prachtige explosie, veel te goed voor een stel zeikerds. We stonden alleen op de rand van de wereld, terroristen die de goede strijd streden voor een rechtvaardiger maatschappij. Ik dacht dat ik van haar hield en toen kwamen de duiven.

Ze verbood me haar te bellen. Ze zei dat telefoons voor receptionistes waren, dat wil zeggen voor vrouwen zonder status. Ik zei: goed, dan schrijf ik wel. Fout, zei ze. De posterijen werden geleid door despoten die niet-vakbondsleden uitbuitten. Wat moesten we doen? Ik wilde niet in Nederland wonen. Zij wilde niet in Londen wonen. Hoe moesten we met elkaar communiceren?

Met duiven, zei ze.

Zo kwam ik ertoe de zolderverdieping van het Vrouweninstituut in Pimlico te huren. Ik heb geen uitgesproken mening over de vrouwen van het Instituut, ze waren de eersten die actie voerden tegen spuitbussen die CFK's bevatten en hun vruchtentaart smaakt fantastisch, maar ze laten me eigenlijk koud. Het ging erom dat hun zolder min of meer op het oosten lag, richting Amsterdam.

Ik begin te merken dat je je afvraagt of ik als verteller wel te vertrouwen ben. Waarom heb ik Inge niet in de steek gelaten om mijn heil in een vrijgezellenbar te zoeken? Antwoord: haar borsten.

Ze waren niet geweldig stevig, niet het soort borsten dat vrouwen dragen als epauletten, als onderscheidingstekens. En het waren ook geen puberale playboyfantasieën. Ze gingen al heel lang mee en begonnen te zwichten voor de aandringende zwaartekracht. De huid was bruin, de tepelhoven nog bruiner, de tepels zelf glanzend zwart. Mijn zigeunerinnetjes noemde ik ze, maar niet waar zij bij was. Ik vereerde ze rechttoe rechtaan en ondubbelzinnig, niet als een modersubstituut of een baarmoedertrauma maar om hun eigen kwaliteiten. Freud had het niet altijd bij het rechte eind. Soms geldt: een borst is een borst is een borst.

Zes keer nam ik de hoorn van de haak. Zes keer legde ik

hem weer neer. Ze zou waarschijnlijk niet hebben opgenomen. Ze zou haar abonnement hebben opgezegd als haar moeder niet in Rotterdam woonde. Ze legde nooit uit hoe ze wist dat het haar moeder was en geen receptioniste. Hoe ze wist dat het een receptioniste was en niet ik. Ik wilde met haar praten.

De duiven, Adam, Eva en Krulletje, haalden Nederland niet. Eva kwam tot Folkestone. Adam gaf er de brui aan en ging op Trafalgar Square wonen, weer een overwinning voor Nelson. Krulletje had hoogtevrees, een nadeel voor een vogel, maar het Vrouweninstituut nam hem in huis als mascotte en doopte hem om in Boadicea. En als hij niet gestorven is, dan leeft hij nu nog. Ik weet niet wat er met Inges vogels is gebeurd. Ze zijn nooit bij me aangekomen.

Toen ontmoette ik Jacqueline.

Ik moest vloerbedekking leggen in mijn nieuwe flat en twee vrienden kwamen me helpen. Ze brachten Jacqueline mee. Ze was de maîtresse van een van hen en de vertrouwelinge van beiden. Een soort huisdier. Ze verschafte seks en begrip voor een stevige zondagse maaltijd en vijftig pond om haar door het weekend heen te helpen. Het was een beschaafde maar harteloze overeenkomst.

Ik had een nieuwe flat gekocht om opnieuw te beginnen na een onverkwikkelijke liefdesrelatie waaraan ik een druiper had overgehouden. Niks mis met mijn organen, dit was een emotionele druiper. Ik moest mijn hartstocht voor me houden om niemand anders aan te steken. De flat was ruim en haveloos. Ik hoopte dat ik de flat en mezelf tegelijkertijd zou kunnen opknappen. De oorsprong van mijn druiper woonde nog steeds met haar man in hun smaakvolle huis maar ze had me tienduizend pond toegestopt om mijn aankoop te helpen financieren. Een lening voor onbepaalde tijd noemde ze het. Ik noemde het een afkoopsom. Ze kocht haar gewetenswroeging af. Ik nam me voor haar nooit meer te ontmoeten. Jammer genoeg was ze mijn tandarts.

Jacqueline werkte in de dierentuin. Ze werkte met kleine harige dieren die het niet op bezoekers begrepen hadden. Bezoekers die vijf pond hebben betaald hebben weinig geduld met kleine harige dieren die bang zijn en zich willen verstoppen. Het was Jacquelines taak alle problemen glad te strijken. Ze kon goed omgaan met ouders, met kinderen, met dieren, met alles en iedereen die zich niet op zijn gemak voelde. Ze kon goed met mij omgaan.

Toen ze kwam, elegant maar niet modieus, opgemaakt maar niet opzichtig, vlakke stem, potsierlijke bril, dacht ik: Ik heb deze vrouw niets te zeggen. Na Inge en mijn kortstondige, verslavende terugkeer naar Bathsheba de tandarts kon ik me niet meer voorstellen dat ik behagen zou scheppen in een vrouw, en zeker niet één die door haar kapper mishandeld was. Ik dacht: Ga jij maar thee zetten, dan maak ik met mijn oude vrienden wat grapjes over de gevaren van een gebroken hart en dan kunnen jullie alle drie weer naar huis gaan, blij een goede daad verricht te hebben, terwijl ik een blik linzen opentrek en naar de wetenschapsrubriek op de radio luister.

Arme ik. Niets is prettiger dan er lekker in te zwelgen, nietwaar? Zwelgen in je verdriet is seks voor depressieven. Ik zou

mijn voordeel moeten doen met de stelregel die mijn grootmoeder de lijdende medemens bij wijze van pastorale zorg
voorhield. Zij stond nooit voor een pijnlijk dilemma of een
hartverscheurende keuze: 'Eén van de twee: kakken óf van de
plee.' En zo is het. Ik zat tenminste nog tussen twee drollen in.

Jacqueline smeerde een paar boterhammen voor me en
vroeg of er nog afgewassen moest worden. Ze kwam de volgende dag en de dag daarna. Ze vertelde me alles over de problemen van de maki's in de dierentuin. Ze bracht haar eigen
afwaskwast mee. Ze werkte van maandag tot vrijdag, van negen tot vijf, reed in een mini en betrok haar lectuur van boe-
kenclubs. Haar gedrag was gespeend van fetisjen, feilen, frat-
sen en flaters. Ze was bovenal alleenstaand en was dat altijd
geweest. Geen kinderen en geen man.

Ik wikte en woog haar. Ik hield niet van haar en ik wilde
niet van haar houden. Ik begeerde haar niet en ik kon me
niet voorstellen dat ik haar zou begeren. Dat werkte allemaal
in haar voordeel. Ik had kort daarvoor geleerd dat VERLIEFD
WORDEN synoniem was met geblinddoekt KOORDDANSEN
ZONDER VANGNET. Ik had genoeg van het balanceren op
een slap koord, één uitglijder en je stortte in de peilloze diepte. Ik wilde de clichés, de fauteuil. Ik wilde vaste grond onder
de voeten en een vrij uitzicht. Wat is daar verkeerd aan? Het
heet volwassen worden. Misschien bedekken de meeste mensen hun comfort met een glanzend laagje romantiek, maar
dat slijt al snel. Wat telt is de lange termijn: de uitdijende tail-
le en het kleine halfvrijstaande huis in een buitenwijk. Wat is
daar verkeerd aan? Tot laat in de avond tv kijken en zij aan zij
de stralende toekomst tegemoet snurken. Tot de dood ons

scheidt. Verjaardag, schat? Wat is daar verkeerd aan?

Ik wikte en woog haar. Ze had geen dure smaak, wist niets van wijn, wilde nooit mee naar de opera en was verliefd op me geworden. Ik had geen geld en geen mentale veerkracht. Het was een volmaakt huwelijk.

We stelden vast dat we bij elkaar pasten terwijl we in haar mini een Chinese afhaalmaaltijd aten. Het was een bewolkte avond en we konden dus niet naar de sterren kijken, en bovendien moest ze de volgende dag om halfacht opstaan om op tijd op haar werk te zijn. Ik geloof dat we die nacht niet eens met elkaar naar bed zijn geweest. Het was de volgende dag, een ijskoude novemberavond, en ik had de open haard aangemaakt. Ik had wat bloemen in een vaas gezet omdat ik dat toch al graag doe, maar toen het moment kwam om het tafelkleed te pakken en de goede glazen uit te zoeken was me dat te veel moeite. 'Zo zijn wij niet,' zei ik bij mezelf. 'Wat wij hebben is eenvoudig en gewoon. Daarom bevalt het me. Het is waardevol omdat het zo ordelijk is. Ik moet niets meer hebben van mijn oude ongeregelde bestaan. Geen rimboe meer maar een keurige bloembak.'

In de maanden die volgden kwam ik er geestelijk weer bovenop en mopperde en zeurde ik niet langer over verloren liefde en onmogelijke keuzes. Ik had de schipbreuk overleefd en ik hield van mijn nieuwe eiland met warm en koud stromend water en regelmatige melkbezorging. Ik werd een apostel van het gewone. Ik verkondigde mijn vrienden de voordelen van het alledaagse, prees de kalme gebondenheid van mijn bestaan en had het gevoel dat ik voor het eerst besefte wat ik volgens iedereen vroeg of laat zou gaan beseffen:

dat hartstocht iets voor de vakantie is, niet voor thuis.

Mijn vrienden waren behoedzamer dan ik. Ze bekeken Jacqueline voorzichtig goedkeurend en behandelden mij als een zenuwpatiënt die zich al een paar maanden goed gedraagt. Een paar maanden? Zeg maar gerust een jaar. Ik was streng voor mezelf, ik werkte hard en ik... en ik... Wat was dat woord ook alweer dat met een V begint?

'Je verveelt je,' zei mijn vriend.

Ik protesteerde met de heftigheid van een geheelonthouder die wordt betrapt terwijl hij een steelse blik op de fles werpt. Ik was tevreden en gesetteld.

'Gaan jullie nog met elkaar naar bed?'

'Niet vaak. Het is niet zo belangrijk, weet je. We doen het af en toe. Als we er allebei zin in hebben. We werken hard. We hebben niet veel tijd.'

'Verlang je naar haar als je naar haar kijkt? Zie je haar staan als je naar haar kijkt?'

Ik werd boos. Waarom werd mijn geheel uit koek en ei opgetrokken huisje opeens onder vuur genomen door een vriend die al mijn gebroken harten zonder een woord van verwijt had gedoogd? Ik peinsde me suf om de juiste verdediging te vinden. Moest ik gekwetst zijn? Verbaasd? Moest ik het met een grapje afdoen? Ik wilde iets wreeds zeggen om mijn woede te rechtvaardigen. Maar dat is moeilijk bij een oude vriend; moeilijk omdat het zo makkelijk is. Je kent elkaar even goed als twee mensen die een verhouding hebben en je hoeft minder vaak de schijn op te houden. Ik schonk me een borrel in en haalde mijn schouders op.

'Niets is volmaakt.'

De worm in de knop. En wat dan nog? De meeste knoppen hebben wormen. Je sproeit, je maakt je druk, je hoopt dat het gat niet te groot is en je bidt om zonneschijn. Gewoon de bloem laten bloeien, dan ziet niemand de aangevreten randen. Zo dacht ik over mijn relatie met Jacqueline. Ik had een wanhopige behoefte om voor ons beiden te zorgen. Ik wilde dat onze verhouding goed functioneerde, maar mijn motieven waren niet erg hoogstaand; dit was tenslotte mijn laatste vertwijfelde poging. Geen jachten en jagen meer. Zij hield ook van mij, jazeker, op haar ongecompliceerde, niet veeleisende manier. Ze liet me altijd met rust als ik zei: 'Laat me met rust' en ze huilde niet als ik tegen haar schreeuwde. Nee, ze schreeuwde terug. Ze behandelde me als een grote katachtige in de dierentuin. Ze was heel trots op me.

Mijn vriend zei: 'Ga liever iemand pesten die net zo groot is als jij.'

En toen ontmoette ik Louise.

Als ik Louise zou schilderen zou ik haar haar als een zwerm vlinders schilderen. Een miljoen admiraalvlinders in een kring van beweging en licht. Er zijn talloze legenden over vrouwen die in bomen veranderen, maar is er ook maar één over een boom die in een vrouw verandert? Is het raar om te zeggen dat je geliefde je aan een boom doet denken? Nou, dat doet ze, zoals haar haar zich met wind vult en uitwaaiert rondom haar hoofd. Heel vaak verwacht ik dat ze gaat ruisen. Ze ruist niet maar haar huid heeft de tint van een zilverberk in het maanlicht. Ik wou dat ik een haag van zulke boompjes had, kaal en onversierd.

Aanvankelijk maakte het niet uit. We konden alle drie goed met elkaar opschieten. Louise was aardig tegen Jacqueline en bemoeide zich niet met onze verhouding, zelfs niet als goede vriendin. En waarom zou ze ook? Ze was al tien jaar gelukkig getrouwd. Ik had haar man ontmoet, een arts die precies de juiste toon wist te treffen, het was een onopvallende man maar dat is geen slechte eigenschap.

'Ze is heel mooi, vind je niet?' zei Jacqueline.

'Wie?'

'Louise.'

'Ja, ja, ze is vast heel mooi als je van die dingen houdt.'

'Hou je van die dingen?'

'Ja, ik hou van Louise, dat weet je. En jij ook.'

'Ja.

Ze las verder in haar tijdschrift van het Wereldnatuurfonds en ik ging een wandeling maken.

Ik ging alleen maar een wandeling maken, een doodgewone wandeling, nergens naar toe, maar opeens stond ik bij Louise voor de deur. Lieve help, wat doe ik hier? Ik liep toch de andere kant op?

Ik belde aan. Louise deed open. Haar man Elgin zat in zijn studeerkamer een computerspelletje te spelen, ZIEKENHUIS. Je moet een patiënt opereren die begint te schreeuwen als je het verkeerd doet.

'Hallo Louise. Ik was toch in de buurt dus ik dacht, ik wip even langs.'

Langswippen. Wat een bespottelijke uitdrukking. Ik ben toch geen kievit?

We liepen samen door de hal. Elgin stak zijn hoofd om de

rand van de studeerkamerdeur. 'Hallo hallo hallo, leuk dat je even langskomt. Ik kom zo bij je, ik zit met een klein probleempje, ik kan de lever maar niet te pakken krijgen.'

In de keuken gaf Louise me wat te drinken en een kuise zoen op de wang. De zoen zou kuis zijn geweest als ze haar lippen meteen weer had weggehaald, maar in plaats daarvan bewoog ze haar lippen tijdens de verplichte smak onmerkbaar over mijn huid. De zoen duurde twee keer zo lang als noodzakelijk, wat nog altijd heel kort was. Behalve op je wang. Behalve als je al zo denkt en je afvraagt of iemand anders ook zo denkt. Zij liet niets merken. Ik liet niets merken. We gingen zitten praten en luisterden naar muziek en ik zag niet dat het donker werd, en laat, dat de fles nu leeg was, net als mijn maag. De telefoon ging, onfatsoenlijk luid, we schrokken allebei. Louise nam op haar zorgvuldige manier op, luisterde even en gaf de hoorn toen aan mij. Het was Jacqueline. Ze zei, heel verdrietig, niet verwijtend maar verdrietig: 'Ik vroeg me af waar je bleef. Het is bijna middernacht. Ik vroeg me af waar je bleef.'

'Het spijt me. Ik bel meteen een taxi. Ik ben zo bij je.'

Ik stond op en glimlachte. 'Kun je een taxi voor me bellen?'

'Ik breng je wel even met de auto,' zei ze. 'Leuk om Jacqueline weer eens te zien.'

We zwegen in de auto. De straten waren rustig, er was geen verkeer. We stopten voor mijn flat en ik bedankte haar en we maakten een afspraak om de volgende week samen te gaan theedrinken en toen zei ze: 'Ik heb kaartjes voor de opera morgenavond. Elgin kan niet. Zin om mee te gaan?'

'We zouden morgenavond thuisblijven.'
Ze knikte en ik stapte uit. Geen kus.

Wat te doen? Moest ik bij Jacqueline blijven en het vreselijk vinden en de trage motor van de haat starten? Moest ik me excuseren en naar de opera gaan? Moest ik de waarheid vertellen en naar de opera gaan? Ik kan niet altijd mijn zin krijgen, een relatie is gebaseerd op compromissen. Op geven en nemen. Misschien wil ik niet thuisblijven maar wil zij dat ik thuisblijf. Dat moet ik voor haar over hebben. Het zal ons sterker en aantrekkelijker maken. Dat dacht ik terwijl ze naast me lag te slapen en als ze al bang was, dan liet ze dat niet merken in die nachtelijke uren. Ik keek naar haar terwijl ze vol vertrouwen op de plek lag waar ze zoveel nachten had gelegen. Kon dit een verradersbed zijn?

De volgende ochtend was ik in een slecht humeur en doodmoe. Jacqueline, altijd opgewekt, stapte in haar mini en reed naar haar moeder. Om twaalf uur belde ze om te vragen of ik kwam. Haar moeder voelde zich niet goed en ze wilde de nacht bij haar doorbrengen.

'Jacqueline,' zei ik, 'blijf daar maar slapen, dan zien we elkaar morgen.'

Ik voelde me opgelucht en deugdzaam. Nu kon ik alleen in mijn eigen flat zitten en pragmatisch zijn. Soms is je eigen gezelschap het beste.

In de pauze van *Le Nozze di Figaro* viel me op hoe vaak andere mensen naar Louise keken. We werden van alle kanten belegerd door lovertjes, verblind door goud. De vrouwen droe-

gen hun juwelen als medailles. Een echtgenoot hier, een gescheiden man daar – ze vormden een palimpsest van liefdes-
verhoudingen. De halskettingen, de broche, de ringen, het
diadeem, het met diamanten bezette horloge waarop niemand zonder vergrootglas kan zien hoe laat het is. De arm-
banden, de enkelringen, de met zaadparels behangen voiles
en de oorbellen, veel talrijker dan de oren. Al deze juwelen
werden geëscorteerd door royaal gesneden grijze pakken en
oogverblindend gevlekte stropdassen. De dassen trilden wanneer Louise voorbijkwam en de pakken trokken zichzelf een
beetje in. De juwelen glinsterden hun waarschuwing in Louises blote hals. Ze droeg een eenvoudige jurk van mosgroene
zijde, een paar jaden oorbellen en een trouwring. 'Verlies die
ring nooit uit het oog,' zei ik tegen mezelf. 'Als je bang bent
dat je de verleiding niet langer kunt weerstaan, bedenk dan
dat die ring gloeiend heet is en dat je je vingers op een vreselijke manier zult branden.'

'Waar kijk je naar?' vroeg Louise.

'Idioot die je bent,' had mijn vriend gezegd. 'Alweer een getrouwde vrouw.'

Louise en ik praatten over Elgin.

'Hij komt uit een orthodox joodse familie,' zei ze. 'Hij
voelt zich tegelijkertijd misbruikt en superieur.'

Elgins vader en moeder woonden nog altijd in een halfvrij-
staand huis uit de jaren dertig in Stamford Hill. Ze hadden
het in de oorlog gekraakt en een overeenkomst gesloten met
de Londense familie die er woonde en die bij thuiskomst

nieuwe sloten op de deuren aantrof, en op de huiskamerdeur een bordje met de tekst SABBAT. GEEN TOEGANG. Dat was op vrijdagavond 1946. Op zaterdagavond 1946 kwamen Arnold en Betty Small oog in oog te staan met Esau en Sarah Rosenthal. Geld verwisselde van eigenaar – een zekere hoeveelheid goud, om precies te zijn – en de Smalls richtten hun aandacht op grotere dingen. De Rosenthals openden een drogisterij en weigerden aan liberale joden te verkopen.

'Wij zijn Gods uitverkoren volk,' zeiden ze, en ze bedoelden zichzelf.

Dat was het nederige, hooghartige milieu waarin Elgin opgroeide. Ze hadden hem Samuel willen noemen, maar toen ze zwanger was had Sarah het British Museum bezocht, en na de mummies, die haar volkomen koud lieten, had ze ten slotte de glorie van de Griekse beschaving aanschouwd: de Elgin Marbles. Dat had het lot van haar zoon niet hoeven te beïnvloeden, maar tijdens Sarahs veertien uur durende bevalling deden zich ernstige complicaties voor en het zag ernaar uit dat ze het niet zou overleven. Terwijl ze lag te zweten en te ijlen en haar hoofd woest heen en weer gooide, bleef ze maar één woord herhalen: ELGIN. Esau, afgetobd en haveloos, frunnikend aan de bidsjaal onder zijn zwarte jas, was niet vrij van bijgeloof. Als dat het laatste woord van zijn vrouw was, dan moest het iets betekenen, iets worden. En dus werd het woord tot vlees gemaakt. Samuel werd Elgin en Sarah ging niet dood. Ze zou in haar leven nog duizenden liters kippensoep produceren en wanneer ze die in zijn soepkom schepte zei ze: 'Elgin, Jahweh heeft me gespaard om jou te redden.'

En zo groeide Elgin op in de veronderstelling dat de wereld hem moest dienen, en hij haatte de donkere toonbank in zijn vaders kleine winkel en vond het vreselijk om van de andere jongens te worden afgezonderd maar wilde niets liever dan dat.

'Je bent niets, je bent stof,' zei Esau. 'Verhef je en wees een man.'

Elgin kreeg een beurs voor een particuliere school. Hij was klein, tenger, bijziend en vreselijk slim. Jammer genoeg maakte zijn religie het hem onmogelijk aan de zaterdagse sportwedstrijden deel te nemen, en terwijl hij erin slaagde pesterijen te ontlopen streefde hij naar een volledig isolement. Hij wist dat hij beter was dan die breedgeschouderde kaarsrechte schoonheidskoninginnen die met hun knappe uiterlijk en ontspannen optreden genegenheid en respect afdwongen. Bovendien waren ze allemaal van de verkeerde kant: Elgin zag af en toe hoe ze elkaar vastgrepen, met open mond en een stijve lul. Niemand probeerde hem aan te raken.

Hij werd verliefd op Louise toen ze hem versloeg in de finale van een debatteerwedstrijd. Haar school stond nog geen twee kilometer van de zijne en hij kwam erlangs als hij naar huis liep. Hij liep er elke dag langs op het moment dat Louise uit school kwam. Hij was aardig tegen haar, hij deed zijn best, hij schepte niet op, hij was niet sarcastisch. Ze was nog maar een jaar in Engeland en het was koud. Ze waren allebei vluchteling en vonden troost bij elkaar. Toen ging Elgin naar Cambridge, waar hij een college uitzocht dat uitblonk op het sportieve vlak. Louise, die een jaar later aankwam, begon hem van masochisme te verdenken. Haar vermoeden werd bevestigd toen hij met gespreide benen op zijn eenpersoons-bed ging liggen en haar dringend verzocht zijn penis met veerklemmen overeind te zetten.

'Ik kan ertegen,' zei hij, 'ik word arts.'

Ondertussen vroegen Esau en Sarah, vierentwintig uur achtereen in gebed op de sabbatdag, zich thuis in Stamford Hill af wat er zou gaan gebeuren met hun zoon nu hij in de klauwen van een vuurrode verleidster was gevallen.

'Het wordt zijn ondergang,' zei Esau, 'hij is verloren. We zijn allemaal verloren.'

'Mijn jongen, mijn jongen,' zei Sarah. 'En maar één meter zeventig.'

Ze waren niet aanwezig bij de huwelijksplechtigheid in Cambridge. Hoe konden ze ook, als Elgin zo nodig op zaterdag moest trouwen? Louise droeg een ivoorkleurige zijden charlestonjurk met een zilverkleurige hoofdband. Haar beste vriendin Janet was er, met een camera en de ringen in haar hand. En Elgins beste vriend, wiens naam hij zich niet kon herinneren. En Elgin zelf, in een gehuurd jacquet dat hem precies één maat te krap zat.

'Weet je,' zei Louise, 'ik wist dat hij ongevaarlijk was, dat ik hem leiding kon geven, dat ik de baas zou worden.'

'En hij dan? Wat dacht hij?'

'Hij wist dat ik mooi was, een waardevolle buit. Hij wilde iets dat opviel maar niet vulgair was. Hij wilde naar de mensen toe gaan en zeggen: "Kijk eens wat ik heb."'

Ik dacht na over Elgin. Hij was heel briljant, heel saai, heel rijk. Louise betoverde iedereen. Ze zorgde ervoor dat hij aandacht kreeg, nieuwe contacten, ze kookte, ze schilderde het huis, ze was intelligent en bovenal mooi. Elgin was onhandig en kon zich moeilijk aanpassen. Er school een zeker racisme in de manier waarop hij werd behandeld. Zijn collega's waren grotendeels dezelfde jonge mannen met wie hij had gestudeerd en die hij diep in zijn hart verachtte. Hij kende natuurlijk wel andere joden, maar in zijn beroep kwamen ze allemaal uit welgestelde, ontwikkelde, vrijzinnige families. Het waren geen orthodoxe joden uit Stamford Hill die door niet meer dan een kraakpand van de gaskamer gescheiden waren. Elgin praatte nooit over zijn verleden en door Louises aanwezigheid verloor het gaandeweg zijn betekenis. Hij ging naar de opera en kocht antiek. Hij maakte grapjes over vrome joden en matses en raakte zelfs zijn accent kwijt. Toen Louise hem aanspoorde om contact met zijn ouders te zoeken stuurde hij ze een kerstkaart.

'Zij heeft hem opgestookt,' zei Esau achter zijn donkere toonbank. 'Sinds de zonde van Eva rust er een vloek op de vrouw.'

En de poetsende, opruimende, verstellende, dienende Sarah voelde de vloek en raakte nog wat meer van zichzelf kwijt.

'Hallo Elgin,' zei ik toen hij de keuken binnenkwam in zijn marineblauwe corduroy broek (maat M) en zijn Viyella vrijetijdsshirt (maat S). Hij leunde tegen het fornuis en vuurde een regen van vragen op me af. Het was zijn favoriete manier van converseren: dan hoefde hij zichzelf niet bloot te geven.

Louise was groente aan het snijden. 'Elgin gaat volgende week weg,' zei ze terwijl ze zijn woordenvloed afsneed, even behendig als hij dat met een luchtpijp zou doen.

'Klopt, klopt,' zei hij opgewekt. 'Ik moet een lezing houden in Washington. Wel eens in Washington geweest?'

Dinsdag 12 mei, twintig voor elf in de ochtend. Het vliegtuig van British Airways krijgt toestemming om naar Washington te vertrekken. Daar zit Elgin in de duurste klasse met zijn glas champagne en zijn koptelefoon op naar Wagner te luisteren. Dag Elgin.

Dinsdag 12 mei, één uur 's middags. Klop klop.

'Wie is daar?'

'Hallo Louise.'

Ze glimlachte. 'Precies op tijd voor de lunch.'

Is eten sexy? *Playboy* bevat regelmatig artikelen over asperges en bananen en prei en courgettes of over het insmeren met honing of chocolade-ijs. Ik heb een keer erotische lichaamsolie gekocht met een echte pina-coladasmaak en mezelf ermee besprenkeld, maar de tong van mijn geliefde zat later vol uitslag.

Daarnaast is er het diner bij kaarslicht, met van die grijnzende obers in een vest en krankzinnig grote pepermolens. Of de eenvoudige picknick op het strand, die alleen slaagt als je verliefd bent want anders erger je je dood aan het zand in de brie. Alles hangt van de omstandigheden af – dat dacht ik tenminste voor ik met Louise ging eten.

Wat verlangde ik ernaar, toen ze de soeplepel naar haar lippen bracht, om dat onschuldige stukje roestvrij staal te zijn.

Ik had al het bloed in mijn lichaam met plezier willen ruilen voor een kwart liter groentesoep. Laat mij de wortelblokjes en de vermicelli zijn, zodat jij me in je mond neemt. Ik was jaloers op de soepstengels. Ik keek toe terwijl ze elk stukje afbrak en beboterde, het langzaam in haar kom doopte, het liet drijven en zwaar en dik liet worden en onder het dieprode gewicht liet zinken om het daarna tot de heerlijkheid van haar tanden te bevorderen.

De aardappelen, de selderij, de tomaten, alles was door haar handen aangeraakt. Terwijl ik mijn soep opat deed ik mijn uiterste best om haar huid te proeven. Ze was hier geweest, er moest iets van haar overgebleven zijn. Ik zou haar aantreffen in de olie en de uien, haar gewaar worden in de knoflook. Ik wist dat ze altijd in de koekenpan spuugde om te zien of de olie heet genoeg was. Het is een oude truc, elke kok doet het, of deed het. En dus wist ik, toen ik haar vroeg wat er in de soep zat, dat ze het essentiële ingrediënt had weggelaten. Ik zal je proeven, al is het maar door je kookkunst.

Ze sneed een peer doormidden; een van haar peren uit eigen tuin. Waar ze woonde was vroeger een boomgaard geweest en 'haar' boom was tweehonderdtwintig jaar oud. Ouder dan de Franse Revolutie. Oud genoeg om Wordsworth en Napoleon te hebben gevoed. Wie had deze tuin betreden en de vruchten geplukt? Klopten hun harten net zo snel als het mijne? Ze presenteerde me een halve peer en een stuk parmezaanse kaas. Peren als deze hebben de wereld gezien, dat wil zeggen, ze hebben zich niet verroerd en de wereld heeft hen gezien. Bij elke hap braken oorlog en hartstocht los. De geschiedenis werd in de pitten en de kikkerkleurige schil opgeborgen.

Er liep stroperig sap langs haar kin omlaag en voor ik haar kon helpen veegde ze het af. Ik loerde naar het servet; kon ik het stelen? Mijn hand kroop al over het tafelkleed als een eng gedrocht uit een verhaal van Poe.

Ze raakte me aan en ik gilde.

'Heb ik je gekrabd?' vroeg ze, een en al bezorgdheid en berouw.

'Nee, je hebt me geëlektrocuteerd.'

Ze stond op en ging koffie zetten. De Engelsen zijn heel goed in dat soort gebaren.

'Beginnen we een verhouding?' vroeg ze.

Ze is niet Engels, ze is Australische.

'Nee, daar komt niets van in,' zei ik. 'Jij bent getrouwd en ik ben met Jacqueline. We worden goede vrienden.'

Ze zei: 'We zijn al goede vrienden.'

Ja, dat zijn we en ik vind het fijn om de hele dag met je te kletsen over belangrijke en onbelangrijke dingen. Ik zou het niet erg vinden om naast jou af te wassen, naast jou stof af te nemen, het tweede katern van de krant te lezen terwijl jij de voorpagina leest. We zijn vrienden en ik zou je missen, ik mis je en denk heel vaak aan je. Ik wil geen afstand doen van dit gelukkige plekje waar ik iemand heb gevonden die intelligent en spontaan is en die niet eerst in haar agenda kijkt als we een afspraak maken. Op weg naar huis hield ik mezelf al deze dingen voor en al deze dingen vormden een stevige ondergrond onder mijn voeten en onder de keurig gesnoeide heggen en de buurtwinkel en Jacquelines auto.

Alles op zijn plaats: de geliefde, de goede vriendin, het leven, de omstandigheden. Thuis staat het ontbijtgoed waar
we het hebben achtergelaten en ik zou Jacquelines pyjama
blindelings kunnen vinden. Vroeger vond ik dat Christus on-
gelijk had, verschrikkelijk hardvochtig was, toen hij zei dat
de gedachte aan overspel net zo slecht was als het plegen ervan. Maar nu ik hier in deze vertrouwde, ongeschonden
ruimte sta heb ik mijn wereld en Jacquelines wereld al voorgoed veranderd. Dat weet ze nog niet. Ze weet niet dat de
landkaart vandaag is herzien. Dat het gebied dat ze haar eigendom waande geannexeerd is. Je geeft je hart nooit weg; je
leent het af en toe uit. Als dat niet zo was, hoe zouden we het
dan zonder te vragen terug kunnen pakken?

Ik was blij met de rustige uren van de late middag. Niemand zou me komen storen, ik kon sterke thee zetten en op
mijn vertrouwde plekje zitten en hopen dat de dingen me
iets van hun wijsheid zouden schenken. Hier, omringd
door mijn tafels en stoelen en boeken, zou ik er ongetwijfeld de noodzaak van gaan inzien om op één plaats te blijven. Ik was te lang een emotionele nomade geweest. Was ik
hier niet gekomen, zwak en onder de blauwe plekken, om
een hek te plaatsen rond het gebied dat nu door Louise
werd bedreigd?

O Louise, ik spreek niet de waarheid. Jij bedreigt me niet,
ik bedreig mezelf. Mijn behoedzame welverdiende leven
heeft niets te betekenen. De klok tikte. Ik dacht: Hoe lang zal
het nog duren voor het schreeuwen begint? Voordat de tranen komen, de beschuldigingen, de pijn? Die typische steen-
op-de-maag-pijn wanneer je iets verliest dat je nog niet op

waarde hebt kunnen schatten? Waarom schatten we de liefde pas op waarde als we haar missen?

Deze overwegingen zijn niet ongebruikelijk als inleiding en voorbeschouwing, maar als je het toegeeft snij je je enige uitweg af: het machtige excuus van de hartstocht. Je had geen keus, je werd meegesleept. Krachten grepen je en namen je in bezit en je deed het maar nu is dat allemaal verleden tijd, je kunt het maar niet begrijpen enz. enz. Je wilt opnieuw beginnen enz. enz. Vergeef me. Aan het eind van de twintigste eeuw halen we er nog steeds oeroude demonen bij om onze gewoonste daden te verklaren. Overspel is heel gewoon. Het bezit geen zeldzaamheidswaarde en toch wordt het op individueel niveau telkens weer weggeredeneerd als een ufo. Op die manier kan ik mezelf niet meer voor het lapje houden. Ik heb het altijd gedaan maar nu niet meer. Ik weet precies wat er aan de hand is en ik weet ook dat ik uit vrije wil uit dit vliegtuig spring. Nee, ik heb geen parachute, en erger nog, Jacqueline heeft er ook geen. Als je gaat neem je er een mee.

Ik sneed een plak rozijnenbrood af. Bij twijfel: eten. Ik kan er goed inkomen dat voor sommige mensen de koelkast de beste hulpverlener is. Mijn biecht bestaat doorgaans uit een Macallan puur, maar niet voor vijven. Misschien probeer ik daarom mijn inzinkingen tot de avond te beperken. Maar hier zit ik dan om halfvijf met rozijnenbrood en een kop thee, en in plaats van vat te krijgen op mezelf kan ik alleen maar nadenken over de vraag hoe ik vat moet krijgen op Louise. Het komt door het eten. Je kunt je geen onromantischer ogenblik voorstellen dan dit en toch windt de gistige geur van rozijnen en rogge me meer op dan welke *Playboy*-banaan ook. Het is enkel een kwestie van tijd. Het getuigt van meer karakter als ik eerst een week met het probleem worstel, of moet ik nu meteen mijn tandenborstel gaan pakken? Ik verdrink in onontkoombaarheid.

Ik belde een kennis die me adviseerde de zeeman te spelen en er in elke haven een vrouw op na te houden. Als ik het aan Jacqueline vertelde zou ik alles kapotmaken, en waarvoor? Als ik het aan Jacqueline vertelde zou ik haar onherstelbaar kwetsen, en had ik daar het recht toe? Waarschijnlijk had ik gewoon last van hondenkoorts die een week of twee zou duren, waarna ik naar mijn kennel kon terugkeren.

Gezond verstand. Brave hond.

Wat staat er in de theeblaren te lezen? Alleen een hoofdletter L.

Toen Jacqueline thuiskwam gaf ik haar een zoen en zei: 'Wat stink je toch naar die dierentuin.'

Ze leek verrast. 'Daar kan ik niks aan doen. Dierentuinen stinken nu eenmaal.'

Ze liet onmiddellijk het bad vollopen. Ik gaf haar wat te drinken en ergerde me groen en geel aan haar kleren en aan de manier waarop ze de radio aanzette zodra ze binnenkwam.

Somber begon ik ons eten klaar te maken. Wat zouden we vanavond gaan doen? Ik voelde me als een bandiet die een revolver in zijn mond heeft verstopt. Als ik wat zei zou ik alles onthullen. Ik kon beter zwijgen. Eten, glimlachen, ruimte maken voor Jacqueline. Dat was toch goed?

De telefoon ging. Ik deed de slaapkamerdeur dicht en stoof glijdend op het toestel af.

Het was Louise.

'Kom morgen langs,' zei ze. 'Ik moet je wat vertellen.'

'Louise, als het met vandaag te maken heeft, dan kan ik niet... Ik heb besloten dat ik het niet kan doen, zie je, want als er, je weet wel...'

De verbinding werd met een klik verbroken. Ik keek naar de hoorn zoals Lauren Bacall in die films met Humphrey Bogart. Wat ik nu nodig heb is een auto met een treeplank en een paar mistlampen. Ik zou over tien minuten bij je kunnen zijn, Louise. Het probleem is dat ik alleen een mini heb die van mijn vriendin is.

We aten onze spaghetti. Ik dacht: Zolang ik haar naam niet uitspreek is er niets aan de hand. Ik begon een spel te spelen met mezelf: op de cynische wijzerplaat van de klok telde ik mijn succes uit. Wat ben ik? Ik voelde me als een kind in een examenzaal met een lijst vragen waar ik het antwoord niet op weet. Ging de klok maar sneller. Mocht ik maar weg. Om negen uur zei ik tegen Jacqueline dat ik doodmoe was. Ze boog zich naar me toe en pakte mijn hand. Ik voelde niets. En toen zaten we naast elkaar in onze pyjama's. Ik hield mijn lippen op elkaar geperst en mijn wangen moeten bol hebben gestaan als de wangen van een woestijnrat, want ik had de mond vol van Louise.

Ik hoef je niet te vertellen waar ik de volgende dag heen ging.

's Nachts had ik een lugubere droom over een ex-vriendin van me die een echte papier-machéfreak was. Het was begonnen als een hobby; en wie kan er bezwaar hebben tegen een paar emmers meel en water en een rol kippengaas? Ik ben ruimdenkend en ik geloof in vrije expressie.

Op een dag ging ik naar haar huis en uit de brievenbus, precies op kruishoogte, stak de kop van een gele en groene slang naar buiten. Geen slang van vlees en bloed, maar toch behoorlijk levensecht, met een rode tong en tanden van zilverpapier. Ik durfde niet goed aan te bellen. Ik aarzelde omdat ik alleen bij de bel kon als ik mijn geslachtsdelen helemaal in de kop van de slang duwde. Ik voerde een kleine dialoog met mezelf:

IK   1   Stel je niet aan. Het is maar een grapje.

IK   2   Hoe bedoel je, 'het is maar een grapje'? Zijn beet is dodelijk.

IK   1   Die tanden zijn niet echt.

IK   2   Ze hoeven niet echt te zijn om pijn te doen.

IK   1   Wat zal ze van je denken als je hier de hele avond blijft staan?

IK   2   Wat denkt ze überhaupt van me? Wat is dat voor een vrouw die een slang op je edele delen afstuurt?

IK   1   Een vrouw die van een grapje houdt.

IK   2   Ha ha.

De deur vloog open en Amy stond op de mat. Ze droeg een kaftan en een lang kralensnoer. 'Hij doet je niks,' zei ze. 'Hij is voor de postbode bedoeld. Die valt me lastig.'

'Ik denk niet dat hij er bang voor is,' zei ik. 'Het is maar een speelgoedslang. Ik was er ook niet bang voor.'

'Je hoeft nergens bang voor te zijn,' zei ze. 'Er zit een rattenklem in zijn bek.' Ze liep naar binnen terwijl ik op het stoepje stond te dralen met een fles beaujolais primeur in mijn handen. Ze kwam terug met een prei en stak hem in de bek van de slang. Ik hoorde een vreselijke klap en de onderste helft van de prei viel geknakt op de mat. 'Neem maar mee naar binnen,' zei ze, 'dan eten we hem straks op.'

Ik werd zwetend en verkleumd wakker. Jacqueline lag vredig naast me te slapen. Het licht sijpelde door de oude gordijnen naar binnen. Warm ingepakt in mijn ochtendjas liep ik de tuin in, blij met de plotselinge vochtigheid onder mijn voeten. De lucht was helder en zoel en door de hemel waren roze klauwsporen getrokken. Met grootsteeds genoegen besefte ik dat ik de enige was die deze lucht inademde. Het onafgebroken in-uit-in-uit van miljoenen longen maakt me neerslachtig. We zijn met te velen op deze planeet en dat begin je te merken. De zonneschermen van mijn buren waren neergelaten. Welke dromen en nachtmerries hadden ze? Hoe anders zou het zijn om ze nu te zien, met openhangende mond en onbeschut lichaam? We zouden misschien eens iets welgemeends tegen elkaar kunnen zeggen in plaats van het gebruikelijke voorverpakte Goedemorgen.

Ik ging naar mijn zonnebloemen kijken; ze groeiden gestaag, ervan overtuigd dat de zon altijd voor ze klaar zou staan, zich ontwikkelend op de juiste manier en op het juiste tijdstip. Er zijn maar heel weinig mensen die voor elkaar krijgen wat de natuur moeiteloos en meestal feilloos voor elkaar krijgt. We weten niet wie we zijn en hoe we moeten functioneren, laat staan hoe we tot bloei moeten komen. Blinde natuur. Homo sapiens. Wie houdt wie voor de gek?

Wat moet ik nu doen? vroeg ik het roodborstje aan de muur. Roodborstjes zijn heel trouwe dieren die jaar in jaar uit met hetzelfde mannetje of wijfje paren. Ik hou van het dappere rode schild op hun borst en van de vastberadenheid waarmee ze de tuinschop volgen, op zoek naar wormen. Ik maar graven en dan gaat het roodborstje er met de worm vandoor. Homo sapiens. Blinde natuur.

Het ontbreekt me aan wijsheid. Waarom laat men mensen opgroeien zonder de hulpmiddelen die nodig zijn om ethisch verantwoorde beslissingen te nemen?

De feiten in mijn geval zijn niet ongewoon:

1 Ik ben verliefd op een getrouwde vrouw.

2 Zij is verliefd op mij.

3 Ik ben aan iemand anders gebonden.

4 Hoe kom ik erachter of ik voor Louise moet kiezen of haar moet mijden?

De kerk zou het me kunnen vertellen, mijn vrienden hebben geprobeerd me te helpen, ik kan de stoïcijnse weg bewandelen en de verleiding de rug toekeren, of ik kan de zeilen hijsen en deze aanwakkerende wind opzoeken.

Voor het eerst in mijn leven wil ik liever het goede doen dan mijn eigen zin doordrijven. Ik denk dat ik dat aan Bathsheba verschuldigd ben...

Ik weet nog dat ze me thuis kwam opzoeken nadat ze zes weken in Zuid-Afrika was geweest. Voor haar vertrek had ik haar een ultimatum gesteld: hij of ik. Haar ogen, die zich heel vaak vulden met tranen van zelfmedelijden, hadden me verwijtend aangekeken omdat het niet de eerste keer was dat ik haar in een amoureuze houdgreep nam. Ik zette haar onder druk en natuurlijk koos ze voor hem. Goed. Zes weken. Ik voelde me als het meisje in het sprookje van Repelsteeltje dat een kelder vol stro krijgt waar ze de volgende ochtend goud van moet hebben gesponnen. Het enige wat ik ooit van Bathsheba had gekregen waren balen stro, maar als ze bij me was geloofde ik dat het beloften waren, in kostbare steen gegrift. En dus zat ik met de troep, en ik werkte keihard om alle strotjes weg te vegen. Toen kwam zij binnen, zonder berouw, vergeetachtig als altijd, en vroeg waarom ik haar telefoontjes niet had beantwoord en haar niet poste restante had geschreven.

'Ik meende wat ik zei.'

Ze zweeg wel een kwartier terwijl ik de afgebroken poten van een keukenstoel weer vastlijmde. Toen vroeg ze of ik met iemand anders omging. Ik zei ja, kort, vaag, hoopvol.

Ze knikte, draaide zich om en liep weg. Bij de deur zei ze: 'Ik had het je willen vertellen voor we vertrokken, maar ik ben het vergeten.'

Ik keek haar opeens fel aan. Ik haatte dat 'we'.

'Ja,' ging ze verder, 'Uriah heeft een urinewegontsteking opgelopen bij een vrouw met wie hij in New York naar bed is geweest. Hij is natuurlijk met haar naar bed gegaan om mij te straffen. Maar hij heeft het me niet verteld en de doktoren denken dat ik het ook heb. Ik heb antibiotica genomen, dus er is waarschijnlijk niks aan de hand. Met jou, bedoel ik. Maar je moet je wel laten onderzoeken.'

Ik liep met de stoelpoot op haar af. Ik wilde haar midden in haar perfect opgemaakte gezicht slaan.

'Trut.'

'Hou je mond.'

'Je hebt tegen mij gezegd dat je niet meer met hem naar bed ging.'

'Dat vond ik niet eerlijk. Ik wilde het kleine beetje seksuele zelfvertrouwen dat hij nog over had niet kapotmaken.'

'Daarom vond je het natuurlijk ook niet nodig om hem te vertellen dat hij niet weet hoe hij je moet laten klaarkomen.'

Ze antwoordde niet. Ze huilde nu. Ik liep om haar heen en rook bloed.

'Hoe lang ben je al getrouwd? Het volmaakte publieke huwelijk. Tien jaar, twaalf? Maar je vraagt hem niet om zijn hoofd tussen jouw benen te steken omdat je denkt dat hij dat weerzinwekkend zal vinden. Over seksueel zelfvertrouwen gesproken...'

'Hou op,' zei ze en ze duwde me weg. 'Ik moet naar huis.'

'Het is een uur of zeven. Dan moet jij thuis zijn, hè? Daarom sloot je je praktijk altijd zo vroeg, dan kon je lekker nog anderhalf uur neuken en daarna streek je je kleren glad en zei "Dag schat" en dan ging je eten koken.'

'Jij hebt me wel laten klaarkomen,' zei ze.

'Inderdaad, als je ongesteld was, als je ziek was, keer op keer heb ik jou laten klaarkomen.'

'Dat bedoel ik niet. Ik bedoel dat we het samen deden. Jij wilde dat ik klaarkwam.'

'Ja, dat wilde ik dolgraag, en het treurige is dat ik dat nog steeds wil.'

Ze keek me aan. 'Breng me even met de auto naar huis, wil je?'

Ik denk nog steeds met schaamte en woede terug aan die avond. Ik bracht haar niet met de auto. Ik liep met haar door de donkere straatjes naar haar huis en hoorde het ruisen van haar regenjas en het schuren van haar diplomatenkoffertje langs haar kuit. Ze was even trots op haar profiel als Dirk Bogarde, en het werd passend verlicht onder de matte straatlantaarns. Ik liet haar achter waar ik haar veilig wist en luisterde naar het wegstervende geklik van haar hakken. Een paar seconden later hield het op. Dat was ik gewend: ze controleerde haar haar en haar gezicht en klopte mij van haar jas en onderlichaam. Het hek piepte en werd gesloten, metaal op metaal. Ze waren nu alleen tussen de vier muren en deelden alles, zelfs de ziekte.

Ik liep naar huis, diep inademend, en ik wist dat ik beefde maar niet hoe ik het beven kon stoppen, en ik dacht: Ik ben even schuldig als zij. Had ik het niet zelf laten gebeuren, had ik niet meegewerkt aan het bedrog en mijn trots laten ruïneren? Ik was niets, een slap stuk stront, ik verdiende Bathsheba. Zelfrespect. Dat leer je in het leger, zeggen ze. Misschien moet ik me maar eens opgeven. Maar strekt het tot aanbeveling als ik onder Persoonlijke Interesses 'gebroken hart' invul?

De volgende dag, in de druipkliniek, keek ik naar mijn medepatiënten. Gladde lefgozers, dikke zakenlieden in pakken die het buikje kunstig wegwerkten. Een paar vrouwen – inderdaad, hoeren – en ook andere vrouwen. Vrouwen met ogen vol angst en pijn. Wat was dat hier voor bedoening en waarom had niemand ze wat verteld? 'Van wie hebt u het gekregen, mevrouw?' wilde ik vragen aan een vrouw van middelbare leeftijd in een bloemetjesjurk. Ze staarde onafgebroken naar de posters over gonorroe en probeerde zich toen op haar natuurtijdschrift te concentreren. 'Ga toch scheiden,' wilde ik zeggen. 'Denkt u dat dit de eerste keer is?' Haar naam werd afgeroepen en ze verdween in een naargeestige witte kamer. Het lijkt hier wel de wachtkamer van het Laatste Oordeel. Een pot oude, goedkope koffie, een paar groezelige kunstleren banken, plastic bloemen in een plastic vaas en op alle muren, van de vloer tot het plafond, posters met elke denkbare genitale puist en verkleurde afscheiding. Het is indrukwekkend wat een paar centimeter vlees allemaal kan oplopen.

O Bathsheba, dit is heel wat anders dan jouw elegante behandelkamer, nietwaar? Daar kunnen jouw particuliere patiënten hun kiezen laten trekken onder het genot van Vivaldi en twintig minuten uitrusten op een sofa met verstelbare rugleuning. Jouw bloemen worden iedere dag vers bezorgd en je serveert alleen de geurigste kruidentheeën. Tegen jouw witte jas, hun hoofd op jouw borst, is niemand bang voor de naald en de spuit. Ik ben naar je toe gekomen voor een kroon en je schonk me een koninkrijk. Helaas kon ik dat alleen in bezit nemen op werkdagen tussen vijf en zeven, en een enkele keer in het weekend als hij van huis was om te voetballen.

Mijn naam werd afgeroepen.

'Heb ik het?'

De verpleegster keek naar me als naar een lekke band en zei: 'Nee.' Toen begon ze een formulier in te vullen en zei dat ik over drie maanden terug moest komen.

'Waarvoor?'

'Seksueel overdraagbare ziekten hebben doorgaans geen geïsoleerd karakter. Als u er zodanige gewoonten op nahoudt dat u één keer bent besmet, dan valt te verwachten dat u vaker besmet raakt.' Ze zweeg een ogenblik. 'De mens is een gewoontedier.'

'Maar ik ben niet besmet.'

Ze deed de deur open. 'Drie maanden is voldoende.'

Voldoende waarvoor? Ik liep de gang uit, langs CHIRURGIE en MOEDER EN KIND en POLIKLINIEK. De druiperkliniek bevindt zich in een uithoek van het complex, ver van alle patiënten die er niets aan kunnen doen dat ze ziek zijn. De route is zo ingewikkeld gemaakt dat de gebruiker eerst minstens vijf keer de weg moet vragen. Ik dempte mijn stem, vooral uit eerbied voor MOEDER EN KIND, maar mijn beleefdheid werd niet met beleefdheid beantwoord. 'Geslachtsziekten? Eind van de gang rechts dan links rechtdoor door de sluisdeuren langs de lift de trap op de gang door de hoek om, door de klapdeuren en dan bent u er,' schreeuwde de verpleger, die zijn karretje vol vuile lakens zorgvuldig op mijn voet tot stilstand bracht. 'Gesláchtsziekten zei u toch?'

Ja, dat zei ik, en ik zei het nogmaals tegen de co-assistent met zwierig slingerende stethoscoop in de POLIKLINIEK. 'De druiperkliniek? Geen probleem, nog geen vijf minuten met de rolstoel.' Hij lachte galmend als een stoet ijscowagens en wees naar de stortkoker van de verbrandingsoven. 'Dat is de snelste manier. Veel geluk.'

Misschien komt het door mijn gezicht. Misschien zie ik er vandaag uit als een dweil. Ik voel me als een dweil.

Bij de uitgang kocht ik een grote bos bloemen voor mezelf. 'Komt u iemand opzoeken?' vroeg het meisje, en haar stem krulde bij de hoeken omhoog als een ziekenhuissandwich. Ze verveelde zich dood maar moest altijd aardig zijn, ingeklemd achter de varens, haar rechterhand druipend van het groene water.

'Ja, mezelf. Ik wil weten hoe het met me gaat.'

Ze trok haar wenkbrauwen op en piepte: 'Voelt u zich wel goed?'

'Dat komt wel weer,' zei ik en wierp haar een anjer toe.

Thuis zette ik de bloemen in een vaas, verschoonde de lakens en stapte in bed. 'Wat heeft Bathsheba me ooit gegeven behalve een gaaf gebit?'

'Daar kan ik je beter mee opeten,' zei de Boze Wolf.

Ik pakte een spuitbus met verf en schreef ZELFRESPECT op de deur.

Daar moest Amor maar eens voorbij zien te komen.

Louise zat aan het ontbijt toen ik arriveerde. Ze droeg een rood-groen gestreepte, veel te ruime ochtendjas die aan het uniform van een gardesoldaat deed denken. Haar losse haar hield haar nek en schouders warm en viel in draden van licht naar voren op het tafelkleed. Louise had iets gevaarlijk elektrisch over zich. Ik was bang dat de regelmatige vlam die ze te zien gaf wel eens gevoed zou kunnen worden door een veel onbestendiger spanning. Ze was ogenschijnlijk kalm, maar onder haar zelfbeheersing ging een vernietigende kracht schuil van het soort dat me bang maakt wanneer ik langs een hoogspanningsmast kom. Ze was eerder een negentiende-eeuwse romanfiguur dan een moderne vrouw. De hoofdpersoon uit een oude griezelroman, de vrouw des huizes die niettemin in staat is haar huis in brand te steken en in het holst van de nacht met één koffer te vluchten. Ik verwachtte altijd dat ze haar sleutels aan een koord rond haar middel zou dragen. Ze was samengeperst, volgepropt, een vulkaan die sliep maar niet dood was. Als Louise een vulkaan was, bedacht ik, zou ik best eens Pompeji kunnen zijn.

Ik ging niet meteen naar binnen, ik bleef met opgeslagen kraag buiten staan loeren en verstopte me om alles beter te kunnen zien. Ik dacht: als ze de politie belt, dan is dat mijn verdiende loon. Maar ze zou de politie niet bellen, ze zou haar paarlemoeren revolver uit de glazen karaf nemen en me door het hart schieten. De lijkschouwer zou een vergroot hart aantreffen maar geen pit, geen pep, geen karakter.

Het witte tafelkleed, de bruine theepot, het verchroomde toostrekje en de zilveren messen. Gewone dingen. Kijk hoe ze ze oppakt en neerlegt en haar handen snel aan het tafelkleed afveegt; dat zal ze nooit doen waar een ander bij is. Ze heeft haar ei al op, ik zie het onregelmatig afgesneden kapje op het bord, een klontje boter dat ze op de punt van haar mes in haar mond steekt. Nu verdwijnt ze om een bad te nemen en de keuken is leeg. Stomme keuken zonder Louise.

Het kostte me geen moeite om binnen te komen, de deur was niet op slot. Ik voelde me als een dief met een tas vol steelse blikken. Het is vreemd om in iemands kamer te zijn als hij of zij er niet is. Vooral wanneer je van die persoon houdt. Elk voorwerp draagt een andere betekenis. Waarom heeft ze dat gekocht? Waar houdt ze het meest van? Waarom zit ze in deze stoel en niet in die? De kamer wordt een code die je in een paar minuten moet breken. Als ze terugkomt zal ze je aandacht opeisen, en het is bovendien onbeleefd om te staren. Toch wil ik de laden opentrekken en met mijn vingers langs de stoffige randen van de foto's gaan. In de prullenmand misschien, in de provisiekast, zal ik een spoor naar jou vinden, ik zal in staat zijn je te ontrafelen, je tussen mijn vingers te nemen en elke draad strak te trekken om jou de maat te nemen. De drang om iets te stelen is dwaas, krachtig. Ik hoef je pleetzilveren lepeltjes niet, hoe mooi ze ook zijn, met op de steel zo'n piepklein laarsje uit het begin van deze eeuw. Waarom heb ik er dan een in mijn zak gestoken? 'Leg onmiddellijk terug,' zegt de hoofdonderwijzeres die toeziet op mijn gedrag. Het lukte me het weer in de la te leggen, hoewel het behoorlijk tegenstribbelde voor een theelepeltje. Ik ging zitten en probeerde me te concentreren. Recht voor me stond de wasmand. Nee, niet de wasmand, hè? Alsjeblieft...

Ik ben nooit een onderbroekensnuiver geweest. Ik wil mijn binnenzakken niet vullen met gedragen ondergoed. Ik ken mensen die het doen en ik leef met ze mee. Het is linke soep om naar een spannende directievergadering te gaan met een grote witte zakdoek in de ene binnenzak en een luchtig slipje in de andere. Weet je straks nog of de zakdoek links of rechts zit? Ik werd door de wasmand gehypnotiseerd als door een werkloze slangenbezweerder.

Ik was net weer opgestaan toen Louise binnenkwam, het haar opgestoken met een schildpadden speld. Haar lichaam geurde nog naar de damp van het warme bad en naar ruwe houtachtige zeep. Ze stak haar armen uit, haar gezicht werd zacht van liefde, ik bracht haar twee handen naar mijn mond en kuste elke hand heel langzaam zodat ik me de vorm van haar knokkels kon inprenten. Ik wilde niet alleen Louises vlees, ik wilde haar botten, haar bloed, haar weefsels, de pezen die haar bijeenhielden. Ik zou haar tegen me aan hebben gedrukt, ook al had de tijd tint en textuur van haar huid afgestroopt. Ik had haar duizend jaar lang kunnen omhelzen tot het geraamte zelf tot stof was vergaan. Wat ben je dat je me dat gevoel geeft? Wie ben je dat de tijd niets voor je betekent?

In de hitte van haar handen dacht ik: Dit is het kampvuur dat de zon tart. Deze plek zal me verwarmen, me voeden en voor me zorgen. Ik zal deze hartslag vasthouden, tegen andere ritmen in. De wereld zal komen en gaan in het tijdsbestek van een dag, maar hier is haar hand met mijn toekomst erin.

Ze zei: 'Kom mee naar boven.'

We liepen na elkaar de trap op, langs de overloop op de eerste verdieping, het atelier op de tweede, omhoog naar waar de trap smaller werd en de kamers kleiner. Het leek of er aan het huis geen einde kwam, of de trappen ons al wentelend omhoogvoerden, het huis uit en naar een zolderkamer in een toren waar vogels tegen de ramen fladderden en de lucht een offergave was. Er stond een klein bed met een lappendeken. De vloer helde, één plank was ontwricht als een wond. De bobbelige, gekalkte muren ademden. Ik voelde ze bewegen onder mijn aanraking. Ze waren een beetje vochtig. Het licht, aangevoerd door de ijle lucht, verwarmde de ramen zodat ze te heet waren om open te doen. Wij werden

vergroot in deze hoge woeste kamer. Jij en ik konden het plafond en de vloer en alle wanden van onze liefdescel aanraken.
Jij kuste me en ik proefde je heerlijke huid.

En toen? Jij, pas aangekleed, verloor je kleren op een be-
wusteloos hoopje en ik zag dat je een onderjurk droeg. Louise, jouw naaktheid was te volledig voor mij, want ik kende
het bereik van je vingers nog niet. Hoe kon ik dit land be-
strijken? Had Columbus hetzelfde gevoel toen hij Amerika in
zicht kreeg? Ik droomde er niet van jou te bezitten maar ik
wilde dat jij mij bezat.

Heel veel later hoorde ik het rumoer van schoolkinderen, op
weg naar huis. Hun stemmen, hoog en uitgelaten, klonken
op langs de bezadigder vertrekken en bereikten ten slotte ver-
vormd ons verheven verblijf. Misschien zaten we op het dak
van de wereld, waar Chaucer met zijn adelaar was geweest.
Misschien vonden de spanning en de drukte van het leven
hun einde op deze plek, waar de stemmen zich tussen de dak-
spanten ophoopten en zich ten overvloede herhaalden. Energie kan niet verloren gaan, alleen worden omgezet; waar blijven de woorden?

'Louise, ik hou van je.'

Heel zachtjes legde ze haar hand op mijn mond en schudde het hoofd.

'Dat mag je niet zeggen. Nog niet. Misschien meen je het
niet.'

Ik protesteerde met een stroom van superlatieven, alsof ik
op een reclamebureau werkte. Natuurlijk was dit model het
beste, het belangrijkste, heerlijk, prachtig, weergaloos. Zelf-

standige naamwoorden zijn tegenwoordig niets meer waard als ze niet vergezeld gaan van een paar goed in het gehoor liggende adjectieven. Hoe meer nadruk ik gaf, hoe holler het klonk. Louise zei niets terug en na een poosje hield ik mijn mond.

'Toen ik zei dat je het misschien niet meende, bedoelde ik dat je het misschien onmogelijk kón menen.'

'Ik ben niet getrouwd.'

'Denk je dat je daarom een vrij mens bent?'

'Een vrijer mens.'

'Het maakt het je ook makkelijker om van gedachten te veranderen. Ik neem zonder meer aan dat je bereid bent bij Jacqueline weg te gaan. Maar blijf je daarna wel bij mij?'

'Ik hou van je.'

'Je hebt ook van anderen gehouden en toch ben je bij ze weggegaan.'

'Zo eenvoudig is het niet.'

'Ik wil niet de zoveelste scalp aan jouw paal worden.'

'Jij bent hiermee begonnen, Louise.'

'Ik vond het goed. We zijn allebei begonnen.'

Waar hadden we het eigenlijk over? We waren één keer met elkaar naar bed geweest. We waren al maanden bevriend en toch zette ze vraagtekens bij mijn geschiktheid als langetermijnkandidaat? Ik zei zo iets tegen haar.

'Dus je geeft toe dat ik niet meer ben dan een scalp?'

Ik was boos en verbijsterd. 'Louise, ik weet niet wat je bent. Ik heb mijn uiterste best gedaan om te voorkomen wat er vandaag is gebeurd. Jij raakt me op een manier die ik niet kan meten of beheersen. Het enige wat ik kan meten is het gevolg en het gevolg is dat ik de ontwikkelingen niet meer in de hand heb.'

'Dus probeer je ze weer in de hand te krijgen door me te vertellen dat je van me houdt. Dat is een onderwerp waar je goed in thuis bent, hè? Romantiek en flirten en verwarring.'

'Ik hoef alles niet in de hand te hebben.'

'Ik geloof je niet.'

En gelijk heb je. Bij twijfel: eerlijk zijn. Dat is een leuk trucje dat ik wel eens toepas. Ik stond op en wilde mijn overhemd pakken. Het lag onder haar onderjurk. In plaats van het overhemd pakte ik de onderjurk.

'Mag ik hem hebben?'

'Op trofeeënjacht?'

Haar ogen stonden vol tranen. Ik had haar gekwetst. Ik had er spijt van dat ik haar al die verhalen over mijn vriendinnen had verteld. Ik wilde haar aan het lachen maken en ze *had* er indertijd ook om gelachen. Nu had ik de rozen op ons pad door prikkeldraad vervangen. Als kameraad was ik onderhoudend geweest. Als geliefde was ik dodelijk. Dat zag ik zelf ook wel in. Ik wilde niet veel met mezelf te maken hebben. Ik knielde neer op de vloer en drukte haar benen tegen mijn borst.

'Zeg me wat je wilt en ik doe het voor je.'

Ze streelde mijn haar. 'Ik wil dat je zonder verleden bij me komt. Vergeet die teksten die je hebt geleerd. Vergeet dat je dit al eerder hebt gedaan, in andere slaapkamers, andere huizen. Kom nieuw bij me. Zeg nooit dat je van me houdt voordat je het bewezen hebt.'

'Hoe moet ik het dan bewijzen?'

'Ik kan je niet vertellen wat je moet doen.'

De doolhof. Vind je eigen weg en je liefste wens zal in vervulling gaan. Verdwaal en je zult eeuwig tussen deze meedogenloze muren blijven ronddolen. Is dat de test waaraan ik ben onderworpen? Ik heb je al verteld dat Louise me aan negentiende-eeuwse griezelromans deed denken. Ze wilde kennelijk dat ik haar uit de wirwar van mijn eigen verleden zou lospeuteren. Op haar zolderkamer hing een reproductie van een schilderij van Burne-Jones getiteld *De liefde en de pelgrim*. Een engel in een smetteloos gewaad leidt een vermoeide reizigster met pijnlijke voeten bij de hand. De reizigster gaat in het zwart gekleed en haar mantel is blijven haken aan het dichte doornbos waaruit beiden zojuist te voorschijn zijn gekomen. Zou Louise me op die manier leiden? Wilde ik geleid worden? Ze had gelijk, ik had er niet over nagedacht hoe belangrijk dit alles was. Ik had een excuus: ik dacht na over Jacqueline.

Het regende toen ik Louises huis verliet en de bus nam naar de dierentuin. De bus zat vol met vrouwen en kinderen. Vermoeide vrouwen die de handen vol hadden aan humeurige prikkelbare kinderen. Een meisje had het hoofd van haar broertje in zijn schooltas geduwd en de boeken lagen kriskras over de rubber vloer, waardoor haar knappe jonge moeder zo boos werd dat ze het kind wel kon vermoorden. Waarom maakt dit soort werk geen deel uit van het bruto nationaal product? 'Omdat we niet weten hoe we het moeten kwantificeren,' zeggen de economen. Dan moeten ze de bus maar eens nemen.

Ik stapte uit voor de hoofdingang van het dierenpaviljoen. De jongen in het hokje was alleen en verveelde zich. Hij zat met zijn voeten op het draaihek, en de vochtige wind woei door zijn raam naar binnen en maakte spetters op zijn mini-tv. Hij keek niet naar me terwijl ik, om te schuilen, tegen een perspex olifant leunde.

'Tuin sluit over tien,' zei hij raadselachtig. 'Geen toeg na 'zeventien nul nul.' De droom van een secretaresse: 'Geen toeg na zeventien nul nul.' Ik moest daar twee seconden om lachen en toen zag ik Jacqueline naar het hek toe lopen, haar baret over haar hoofd getrokken tegen de motregen. Ze droeg een plastic boodschappentas vol etenswaren. De preien staken aan alle kanten naar buiten.

'Daag,' zei de jongen zonder zijn lippen te bewegen.

Ze had me niet gezien. Ik wilde me verstoppen achter de perspex olifant, op haar toe springen en zeggen: 'Kom op, we gaan uit eten.'

Ik word vaak overvallen door dat soort romantische gekkigheid. Ik gebruik het als uitweg uit een werkelijke situatie. Wie gaat er nu om halfzes uit eten? Wie voelt er voor een opwindende wandeling in de regen, geflankeerd door duizenden forenzen op weg naar huis, allemaal net als jij met een boodschappentas vol etenswaren.

'Doorzetten,' zei ik bij mezelf. 'Doe het maar.'

'Jacqueline.' (Ik klink als een rechercheur.)

Ze keek blij glimlachend op, gaf me de boodschappen en trok de jas aan. Terwijl ze naar haar auto liep vertelde ze me over haar werk, er was een wallaby die professionele hulp nodig had, wist ik dat de dierentuin ze gebruikte voor experimenten? De dierentuin onthoofdde ze levend. Het was in het belang van de wetenschap.

'Maar niet in het belang van wallaby's?'

'Nee,' zei ze. 'En waarom zouden ze moeten lijden? Je hakt mijn hoofd toch ook niet af?'

Ik keek haar onthutst aan. Ze maakte een grapje maar het kwam niet over als een grapje.

'Laten we ergens koffie gaan drinken, met gebak.' Ik pakte haar bij de arm en we liepen van de parkeerplaats naar een pretentieloze tearoom die voornamelijk werd bezocht door mensen die uit de dierentuin kwamen. Het was plezierig wanneer er geen bezoekers waren en die waren er die dag niet. De dieren bidden waarschijnlijk altijd om regen.

'Normaal haal je me nooit van mijn werk,' zei ze.

'Nee.'

'Is er iets te vieren?'

'Nee.'

Condenswater liep langs de ruiten. Niets was meer helder.

'Heeft het met Louise te maken?'

Ik knikte terwijl ik het gebakvorkje tussen mijn vingers ronddraaide en mijn knieën tegen de onderkant van het poppenhuistafeltje duwde. Niets had de juiste afmetingen. Mijn stem leek te luid, Jacqueline te klein, de vrouw die de donuts met werktuiglijke doelmatigheid serveerde deponeerde haar boezem op de glazen toonbank en dreigde die met pure borstkracht te verbrijzelen. Ze zou de roomsoezen in de vitrine verpletteren en haar argeloze klanten met één dreun onder rondvliegend imitatieslagroom bedelven. Mijn moeder zei altijd dat ik nog eens lelijk aan mijn eind zou komen.

'Zie je haar wel eens?' Jacquelines bange stem.

Irritatie van pens tot strot. Ik wilde grommen als de hond die ik ben.

'Natuurlijk zie ik haar. Ik zie haar gezicht op elk reclamebord, op de muntstukken in mijn zak. Ik zie haar als ik naar jou kijk. Ik zie haar als ik niet naar jou kijk.'

Ik zei geen van die dingen, ik mompelde iets van ja net als vroeger maar de situatie is veranderd. DE SITUATIE IS VERANDERD, wat een hufterige opmerking, ik had de situatie veranderd. Situaties veranderen niet, ze wisselen niet zoals de seizoenen. Mensen veranderen situaties. Er bestaan slachtoffers van verandering maar geen slachtoffers van situaties. Waarom doe ik mee aan dit taalmisbruik? Ik kan Jacquelines pijn niet verzachten, welke woorden ik ook gebruik. Ik kan mijn eigen pijn een beetje verzachten en ik denk dat ik daar nu mee bezig ben.

Ze zei: 'Ik dacht dat je veranderd was.'

'Dat ben ik ook, dat is toch juist het probleem?'

'Ik dacht dat je al veranderd was. Je hebt gezegd dat je dit niet nog een keer zou doen. Je hebt gezegd dat je een ander leven wilde. Het is makkelijk om mij te kwetsen.'

Wat ze zegt is waar. Ik dacht inderdaad dat ik van huis kon gaan met het ochtendblad om weer thuis te komen tegen het nieuws van zes uur. Ik had niet tegen Jacqueline gelogen, maar kennelijk wel tegen mezelf.

'Ik hol niet meer van de een naar de ander, Jacqueline.'

'Nee? Wat doe je dán?'

Goed gesproken. Ik wou dat ik voldoende zicht op mijn leven had om mijn daden in duidelijke taal te kunnen verklaren. Ik zou naar je toe willen stappen met het zelfvertrouwen van een computerprogrammeur, ervan overtuigd dat we het antwoord kunnen vinden als we maar de juiste vraag stellen. Waarom verloopt mijn leven niet volgens plan? Het maakt een vreselijk stomme indruk om te zeggen ik weet het niet en je schouders op te halen en je te gedragen als de eerste de beste idioot die verliefd is en het niet kan verklaren. Ik heb veel ervaring, ik zou het moeten kunnen verklaren. Het enige woord dat in me opkomt is Louise.

Jacqueline, verlicht door tearoom-neon, neemt haar bakje troost in beide handen maar brandt zich. Ze morst op haar schoteltje en terwijl ze de koffie met het ontoereikende servetje opdweilt, stoot ze haar donut van de tafel. Zwijgend maar met priemende blik bukt de Boezem zich om het op te ruimen. Ze heeft het al zo vaak meegemaakt, het interesseert haar niet maar ze wil over een kwartier sluiten. Ze trekt zich terug achter haar toonbank en zet de radio aan.

Jacqueline veegde haar bril schoon.

'Wat ga je nu doen?'

'Dat moeten we samen beslissen. Het is een gemeenschappelijke beslissing.'

'Je bedoelt dat we erover gaan praten en dat jij daarna toch gewoon doet wat je wilt.'

'Ik weet niet wat ik wil.'

Ze knikte en stond op om weg te gaan. Toen ik wat kleingeld had opgediept om onze waardin te betalen was Jacqueline al buiten, op weg naar haar auto, dacht ik.

Ik holde weg om haar in te halen maar toen ik bij het parkeerterrein van de dierentuin aankwam was het afgesloten. Ik greep de tennisnetachtige afrastering beet en schudde tevergeefs aan het zelfvoldane hangslot. Een natte meiavond die meer weghad van februari dan van een mooie lente; het had zacht en licht moeten zijn maar het licht werd opgezogen door een rij vermoeide straatlantaarns die de regen weerkaatsten. Jacquelines mini stond alleen in een hoekje van het kale terrein. Belachelijk, die verspilde, trieste tijd.

Ik liep naar een klein park en ging op een vochtig bankje onder een druipende wilg zitten. Ik droeg een wijde korte broek die bij dit weer op een werfcampagne van de padvinderij leek te duiden. Maar ik ben geen padvinder, nooit geweest. Ik benijd padvinders: ze weten precies wat een Goede Daad is.

De elegante, vredige huizen aan de rand van het park hadden gele en zwarte ramen. Een gestalte trok de gordijnen dicht, iemand deed de voordeur open, ik hoorde heel even muziek. Wat een evenwichtige, verstandige levens. Lagen die mensen 's nachts wakker om hun hart te verbergen terwijl ze hun lichaam gaven? Werd die vrouw voor het raam door kalme wanhoop bekropen terwijl de klok haar steeds dichter bij bedtijd bracht? Houdt ze van haar man? Begeert ze hem? Als hij ziet dat zijn vrouw zich uitkleedt, wat voelt hij dan? Is er iemand in een ander huis naar wie hij verlangt zoals hij vroeger naar haar verlangde?

Op de kermis stond vroeger een automaat met het opschrift 'Wat de butler zag'. Je drukte je ogen tegen een gewatteerde beeldzoeker en deed een muntstuk in de gleuf, en opeens begon een groep dansseresjes knipogend haar rokken in de lucht te gooien. Geleidelijk aan trokken ze bijna al hun kleren uit maar als je het hoogtepunt wilde zien moest je nog een munt inwerpen voordat de hand van de butler discreet een scherm omlaagtrok. Het leuke, afgezien van het voor de hand liggende genoegen, was de gesimuleerde dieptewerking. Die was bedoeld om je het gevoel te geven dat je heel chic in het theater zat, op de beste plaats natuurlijk. Je zag rijen fluwelen stoelen en een aflopende zaal vol Brylcreemhoofden. Het was zalig, want het was kinderlijk en ondeugend. Ik voelde me altijd schuldig maar het was een opwindend schuldgevoel, niet de loodzware last van de zonde. In die tijd ben ik een voyeur geworden, maar van het onschuldige type. Ik loop graag langs ongeblindeerde ramen om een blik te werpen op het leven binnenshuis.

Stomme films zijn nooit in kleur, maar de beelden achter een raam wel. Alles beweegt vreemd mechanisch, als in een animatiefilm. Waarom gooit die man zijn armen in de lucht? De handen van het meisje bewegen geluidloos over de piano. Nog geen centimeter glas scheidt me van die geluidloze wereld waar ik niet besta. Ze weten niet dat ik hier ben maar ik ben sinds kort even sterk met ze verbonden als de andere gezinsleden. Nee, sterker, want terwijl hun lippen bewegen als die van een goudvis in zijn kom ben ik de scenarioschrijver en kan ik ze woorden in de mond leggen. Ik heb eens een vriendin gehad met wie ik dat spelletje speelde: we liepen door de villawijken als we geen geld meer hadden en verzonnen verhalen over de rijken onder het lamplicht.

Ze heette Catherine, ze wilde schrijfster worden. Ze zei dat het een goede oefening voor haar verbeeldingskracht was om kleine scenario's voor de nietsvermoedenden te verzinnen. Ik heb zelf geen literaire ambities maar ik vond het niet erg om haar blocnote te dragen. Op die donkere avonden werd het me duidelijk dat films de boel op een vreselijke manier belazeren. In het echte leven, vooral na zeven uur 's avonds, bewegen de mensen, aan hun lot overgelaten, zich nauwelijks meer. Af en toe werd ik bang. Dan zei ik tegen Catherine dat we een ambulance moesten bellen.

'Niemand kan zo lang stilzitten,' zei ik. 'Ze is vast dood. Kijk toch eens, de lijkverstijving is al begonnen, ze verroert geen vin.'

Daarna gingen we naar een filmhuis om naar een product van Chabrol of Renoir te kijken. Alle acteurs en actrices deden de hele film niets anders dan slaapkamers in en uit rennen en op elkaar schieten en van elkaar scheiden. Ik werd er doodmoe van. De Fransen gaan er prat op dat hun land een intellectuele goudmijn is, maar voor een volk van denkers rennen ze wel erg veel rond. Denken is toch een zittende bezigheid? Ze stouwen meer actie in één zogenaamd artistieke film dan de Amerikanen in tien Clint Eastwoods. *Jules et Jim* is een actiefilm.

We waren zo gelukkig op die natte zorgeloze avonden. Ik vond dat we op dr. Watson en Sherlock Holmes leken. Ik kende mijn plaats. En toen zei Catherine dat ze wegging. Ze wilde het eigenlijk niet maar ze vond dat een schrijfster geen goede metgezel is. 'Het is alleen nog een kwestie van tijd,' zei ze, 'voor ik alcoholiste word en niet meer voor mezelf kan koken.'

Ik stelde voor nog even te wachten en de storm uit te zitten. Ze schudde verdrietig het hoofd en streelde me. 'Neem een hond.'

Natuurlijk was ik radeloos. Ik genoot altijd van onze nachtelijke zwerftochten, het korte bezoek aan de viswinkel, om dan tegen het ochtendgloren in hetzelfde bed te vallen.

'Kan ik nog iets voor je doen voor je weggaat?' vroeg ik.

'Ja,' zei ze. 'Weet je waarom Henry Miller zei: "Ik schrijf met mijn pik?"'

'Omdat dat zo was. Na zijn dood vonden ze tussen zijn benen alleen een balpen.'

'Dat verzin je,' zei ze.

O ja?

Ik zat glimlachend op het bankje, doorweekt tot op de huid. Ik was niet gelukkig maar de kracht van de herinnering is zo groot dat zij de werkelijkheid tijdelijk kan opheffen. Of is de herinnering echter? Ik stond op en wrong de pijpen van mijn korte broek uit. Het was donker, het park behoorde na donker toe aan andere mensen en ik hoorde niet bij hen. Ik kon beter naar huis gaan om Jacqueline te zoeken.

Toen ik bij mijn flat kwam zat de deur op slot. Ik probeerde binnen te komen maar de ketting zat voor de deur. Ik riep en bonsde. Na een poosje ging de brievenbus open en er werd een briefje naar buiten geschoven. GA WEG, stond erop. Ik pakte een pen en schreef op de achterkant: DIT IS MIJN FLAT. Zoals ik al vreesde kwam er geen reactie. Voor de tweede keer die dag belandde ik bij Louise.

'We gaan vannacht in een ander bed slapen,' zei ze terwijl ze de badkamer met stoomwolken en geurige oliën vulde. 'Ik breng de kamer op temperatuur en jij gaat in de badkuip liggen en drinkt deze warme chocola op. Afgesproken, Janneman Robinson?'

Ja, met of zonder een blauw capuchonnetje. Wat is dit teder en onwerkelijk. Ik geloof er niets van. Jacqueline moet hebben geweten dat ik weer bij haar moest aankloppen. Waarom zou ze het hebben gedaan? Hebben ze het soms samen op touw gezet om mij te straffen? Misschien ben ik dood en is dit het Laatste Oordeel. Oordeel of niet, ik kan niet terug naar Jacqueline. Wat hier ook gebeurt – en ik verwachtte er weinig van – ik wist dat ik me zo ruw van haar had losgerukt dat de breuk niet meer te helen was. In het park in de regen was één ding me in ieder geval duidelijk geworden: dat Louise de vrouw was die ik begeerde, zelfs als ik haar niet kon krijgen. Ik moest toegeven dat ik Jacqueline nooit had begeerd; ze was me alleen een tijdje min of meer van pas gekomen.

Het snoeien en enten van moleculen is een serieuze uitdaging voor biochemici. Er bestaan veel manieren om moleculen samen te voegen maar slechts enkele combinaties brengen de deeltjes zo dicht bij elkaar dat ze een verbinding aangaan. Op moleculair niveau mag van succes worden gesproken als men ontdekt welke synthetische structuur, welke chemische stof, een verbinding wil aangaan met laten we zeggen de proteïnevorm op een tumorcel. Als je deze uiterst riskante legpuzzel hebt opgelost heb je misschien een geneesmiddel tegen carcinomen gevonden. Maar moleculen en de mensen waarvan ze deel uitmaken bevinden zich in een heelal van kansen. We raken elkaar aan, binden en breken, drijven weg op krachtvelden die we niet begrijpen. Als mijn innerlijk met dat van Louise wordt samengevoegd kan die ingreep een beschadigd hart genezen, maar het experiment kan ook op een dure mislukking uitlopen.

Ik trok de jas van ruwe badstof aan die Louise voor me had klaargelegd. Ik hoopte dat hij niet van Elgin was. Er is eens een schandaal geweest in de begrafeniswereld: wanneer er een lijk in een mooi kostuum naar de rouwkapel werd gestuurd, pasten de balsemer en zijn knechten het pak aan terwijl de overledene werd gereedgemaakt voor het graf. Wie het best in het kostuum paste gaf er een shilling voor; dat wil zeggen, de shilling ging in de armenbus en de dode werd van zijn kleren ontdaan. Natuurlijk mocht hij ze nog dragen tijdens het afscheid nemen, maar zodra het tijd was om het deksel op de kist te schroeven trok een van de helpers ze razendsnel uit en hulde de ongelukkige in een goedkope lijkwade. Als ik op het punt stond Elgin te bedriegen, dan toch liever niet in zijn badjas.

'Hij is van mij,' zei Louise toen ik boven kwam. 'Maak je geen zorgen.'

'Hoe wist je dat?'

'Herinner je je nog die keer toen we op weg naar jouw flat verrast werden door die vreselijke bui? Jacqueline stond erop dat ik mijn kleren uittrok en ze gaf me haar ochtendjas. Dat was heel aardig van haar, maar ik wilde dolgraag jouw jas. Het was me om je geur te doen.'

'Droeg ik mijn ochtendjas niet zelf?'

'Ja. Des te verleidelijker.'

Ze had de open haard aangemaakt in de kamer met het bed dat ze haar 'gelegenheidsbed' had gedoopt.

De meeste mensen hebben geen open haard meer; Louise had geen centrale verwarming. Ze zei dat Elgin elke winter klaagde hoewel zij degene was, niet hij, die de brandstof kocht en het vuur opstookte.

'Hij wil eigenlijk niet zo wonen,' zei ze, doelend op de sobere pracht van hun echtelijke woning. 'Hij zou veel gelukkiger zijn in een imitatie-Tudorhuis uit de jaren dertig, met vloerverwarming.'

'Waarom woont hij dan zo?'

'Het bezorgt hem de reputatie dat hij geweldig origineel is.'

'Vind jij het mooi?'

'Ik heb het zo gemaakt.' Ze zweeg even. 'Het enige wat Elgin in dit huis heeft gestopt is geld.'

'Je kijkt op hem neer, hè?'

'Nee, ik kijk niet op hem neer. Ik ben in hem teleurgesteld.'

Elgin was een briljante co-assistent geweest. Hij had hard gewerkt en veel geleerd. Hij was vernieuwingsgezind en betrokken. Gedurende zijn eerste ziekenhuisjaren, toen Louise hem financieel ondersteunde en alle rekeningen betaalde die zich in hun sobere leven opstapelden, nam Elgin zich voor na zijn laatste examens in de Derde Wereld te gaan werken. Hij sprak met minachting over wat hij 'de consultancy-route' noemde, de weg die bekwame jongelui met een bepaalde achtergrond volgden: na een minimum aan geploeter in het ziekenhuis beklommen ze in sneltreinvaart de ladder naar een minder zware, betere positie. Er bestond in de medische wereld een snelle weg naar de top. Er zaten erg weinig vrouwen op die weg, het was de erkende route voor de arts die carrière wilde maken.

'Wat is er dan tussen gekomen?'

'Elgins moeder kreeg kanker.'

In Stamford Hill voelde Sarah zich niet goed. Ze stond altijd om vijf uur op, zei haar gebeden, stak de kaarsen aan, maakte het eten klaar en streek Esaus witte overhemden. Ze droeg op dat vroege uur een hoofddoek en zette haar lange zwarte pruik pas op tegen zevenen, een paar minuten voordat haar man naar beneden kwam. Ze ontbeten en stapten samen in hun oude wagentje en reden de vijf kilometer naar de winkel. Sarah dweilde de vloer en stofte de toonbank af terwijl Esau zijn witte jas over zijn gebedssjaal aantrok en de kartonnen dozen in de achterkamer opruimde. Je kunt eigenlijk niet zeggen dat ze hun winkel om negen uur openden – ze deden de deur van het slot. Sarah verkocht tandenborstels en hoestpastilles. Esau vulde papieren zakjes met medicijnen. Dat deden ze al vijftig jaar.

De winkel was niet veranderd. De mahoniehouten toonbank en glazen kasten stonden nog waar ze voor de oorlog al stonden, en al voordat Esau en Sarah een pachtovereenkomst voor zestig jaar afsloten, van hun jeugd tot hun oude dag. De schoenmakerij van de linkerbuurman had plaats gemaakt voor een groentewinkel, en die weer voor een delicatessenzaak, en die weer voor een koosjer kebabrestaurant. De wasserij van de rechterbuurman was vervangen door een chemisch reinigingsbedrijf, dat nog steeds werd geleid door de kinderen van hun vrienden de Shiffy's.

'Die zoon van jou,' zei Shiffy tegen Esau, 'die is dokter, hè? Ik heb hem in de krant zien staan. Hij zou hier een mooie praktijk kunnen openen. Je zou kunnen uitbreiden.'

'Ik ben tweeënzeventig,' zei Esau.

'Je bent tweeënzeventig? Denk eens aan Abraham, aan Isaäk, aan Methusalem. Negenhonderdnegenenzestig. Tegen die tijd mag je je zorgen gaan maken over je leeftijd.'

'Hij is met een sjikse getrouwd.'

'Iedereen maakt fouten. Neem Adam.'

Esau vertelde Shiffy niet dat hij nooit meer wat van Elgin had vernomen. Hij verwachtte niet ooit nog wat van hem te horen. Twee weken later, toen Sarah in het ziekenhuis lag en niet kon praten van de pijn, draaide Esau Elgins nummer op zijn bakelieten telefoon, model opzitten-en-pootjesgeven. Ze hadden nooit de moeite genomen een nieuwer model aan te schaffen. Gods kinderen hadden geen behoefte aan vooruitgang.

Elgin kwam meteen en sprak met de arts voordat hij zijn vader aan het bed ontmoette. De arts zei dat er geen hoop meer was. Sarah had botkanker en zou het niet overleven. De arts zei dat ze jarenlang pijn moest hebben geleden. Langzaam vergaan, tot stof zult gij wederkeren.

'Weet mijn vader het?'

'Min of meer.' De arts had het druk en moest weg. Hij gaf zijn aantekeningen aan Elgin en liet hem achter aan een bureau onder een lamp met een doorgebrande peer.

Sarah stierf. Elgin ging naar de begrafenis en na afloop

bracht hij zijn vader met de auto terug naar de winkel. Esau klungelde wat met de sleutels en maakte de zware deur open. Op de etalageruit stonden nog steeds de goudkleurige letters die eens het symbool van Esaus succes waren geweest. De bovenste boog vormde het woord ROSENTHAL, de onderste DROGIST. De tijd en het weer hadden hun sporen nagelaten: boven stond nog altijd ROSENTHAL, maar daaronder las hij nu DROG.

Elgin, die vlak achter zijn vader liep, werd misselijk van de geur. Het was de geur van zijn jeugd: formaldehyde en pepermunt. Het was de geur van zijn huiswerk achter de toonbank. Het lange wachten 's avonds tot zijn ouders hem naar huis brachten. Soms viel hij in slaap in zijn grijze korte broek en grijze sokken, zijn hoofd op een logaritmetafel, en dan nam Esau hem in zijn armen en droeg hem naar de auto. Hij herinnerde zich zijn vaders tederheid alleen door het web van de droom en de sluimer. Esau was streng voor zijn zoon, maar als hij hem met het hoofd op de tafel zag liggen, zijn magere benen losjes tegen de stoel, hield hij van hem en fluisterde hij hem verhalen in het oor over het lelietje-van-dalen en het Beloofde Land.

Dit alles sneed Elgin door de ziel terwijl hij zag hoe zijn vader zijn zwarte jas langzaam aan de kapstok hing en zijn armen in zijn drogistenuniform wurmde. Hij leek troost te putten uit deze vertrouwde handeling, keek niet naar Elgin maar haalde zijn orderboek voor de dag en begon er mompelend in te bladeren. Na een poosje kuchte Elgin een paar keer en zei dat hij moest gaan. Zijn vader knikte, wilde niets zeggen.

'Is er nog iets wat ik voor u kan doen?' vroeg Elgin zonder een antwoord te willen.

'Kun je me zeggen waarom je moeder is gestorven?'

Elgin schraapte nogmaals zijn keel. Hij was wanhopig.

'Vader, moeder was oud, ze was niet sterk genoeg om beter te worden.'

Esau knikte heftig. 'Het was Gods wil. De Heer heeft gegeven, de Heer heeft genomen. Hoe vaak heb ik dat vandaag al niet gezegd?' Er viel een lange stilte. Elgin kuchte.

'Ik moet er weer eens vandoor.'

Esau slofte om de toonbank heen en diepte iets op uit een grote verkleurde stopfles. Hij gaf zijn zoon een bruin papieren zakje met hoestpastilles.

'Je bent verkouden, jongen. Probeer dit maar eens.'

Elgin stak het zakje in zijn jaszak en vertrok. Hij liep zo snel als hij kon de joodse wijk uit en in een drukke straat hield hij een taxi aan. Voordat hij instapte gooide hij het zakje in een openbare afvalbak. Het was de laatste keer dat hij zijn vader zag.

Het is een feit dat toen Elgin begon, hij niet kon vermoeden dat zijn bezeten studie van kankergezwellen hemzelf veel meer voordelen zou brengen dan zijn patiënten. Hij gebruikte computersimulaties om het gedrag van zich snel vermenigvuldigende kankercellen te simuleren. Hij beschouwde gentherapie als de kansrijkste vluchtweg voor een lichaam dat door zichzelf werd belaagd. Het was een opwindende vorm van medisch onderzoek. Gentherapie is een onontgonnen gebied waar je naam en fortuin kunt maken. Elgin werd benaderd door een Amerikaans farmaceutisch bedrijf dat hem uit de operatiekamer haalde en in een laboratorium neerzette. Hij was trouwens nooit zo dol geweest op ziekenhuizen.

'Elgin,' zei Louise, 'kan geen snijwondje meer verbinden, maar hij kan je alles over kanker vertellen. Alles, behalve hoe het veroorzaakt wordt en hoe je het moet genezen.'

'Is dat niet wat cynisch uitgedrukt?' zei ik.

'Elgin geeft niets om mensen. Hij ontmoet nooit mensen. Hij is in geen tien jaar op een afdeling voor terminale patiënten geweest. Hij zit de helft van het jaar in een laboratorium in Zwitserland dat tientallen miljoenen heeft gekost. Daar zit hij naar een computerscherm te staren. Hij wil dé ontdekking doen. De Nobelprijs winnen.'

'Er is niets mis met ambitie.'

Ze lachte. 'Er is een heleboel mis met Elgin.'

Ik vroeg me af of ik aan Louises verwachtingen kon voldoen.

We gingen naast elkaar liggen en met mijn vinger volgde ik de welving van haar lippen. Ze had een prachtige rechte neus, streng en veeleisend.

Haar mond paste niet bij haar neus, niet door gebrek aan ernst, maar door zijn zinnelijkheid. Het was een volle mond, wellustig diep, een tikkeltje wreed. De neus en de mond wekten tezamen een merkwaardige indruk van ascetische seksualiteit. Het was een combinatie van scherpzinnigheid en begeerte. Ze was een Romeinse kardinaal, kuis behalve in de contacten met de volmaakte koorknaap.

Louises seksuele smaak viel uit de toon in de jaren negentig, een periode waarin seks niets met verbergen en alles met onthullen te maken heeft. Ze was dol op de prikkeling van de suggestie. Ze putte haar genot uit een langzame maar zekere opwinding, een spel tussen twee gelijken die misschien niet altijd gelijken willen zijn. Ze was geen D.H. Lawrence-type: niemand mocht Louise nemen met dierlijke onontkoombaarheid. Je moest haar hele persoon erbij betrekken. Haar verstand, haar hart, haar ziel en haar lichaam konden alleen samen aanwezig zijn, als twee tweelingen. Ze liet zich niet in stukken verdelen. Ze verkoos seksuele onthouding boven konijnenliefde.

Elgin en Louise gingen niet meer met elkaar naar bed. Ze maakte hem zo nu en dan klaar met de hand maar weigerde hem de toegang tot haar lichaam. Elgin accepteerde dat als een deel van hun overeenkomst en Louise wist dat hij naar prostituees ging. Zelfs in een traditioneler huwelijk zouden zijn neigingen dat onvermijdelijk hebben gemaakt. Zijn nieuwste hobby was naar Schotland vliegen om zich in een bad met pap te laten dompelen terwijl een stel Keltische geisha's zijn lul met rubber handschoenen bewerkten.

'Hij wil niet naakt zijn in gezelschap van vreemden,' zei Louise. 'Ik ben de enige, afgezien van zijn moeder, die hem zonder kleren heeft gezien.'

'Waarom blijf je bij hem?'

'Vroeger was hij een goede vriend, voordat hij zo hard ging werken. Ik had best bij hem willen blijven om ondertussen mijn eigen leven te leiden, maar er is iets tussen gekomen.'

'Wat?'

'Ik zag jou in het park. Lang voordat we elkaar ontmoetten.'

Ik wilde haar uithoren. Mijn hart klopte te snel en ik voelde me verzwakt en uitgeput, zoals wanneer ik drink zonder erbij te eten. Wat Louise ook te zeggen had, ik zou het niet hebben kunnen verwerken. Ik lag op mijn rug en keek naar de schaduwen van het vuur. Er stond een sierpalm in de kamer, waarvan de bladeren bizar vergroot op de muren werden geprojecteerd. Dit was geen tamme huiselijke omgeving.

In de uren die volgden, waarin ik afwisselend wakker lag en sliep met een lichte koorts die voortkwam uit hartstocht en beklemming, leek het of de kleine kamer vol spoken was. Er stonden gestalten voor het raam die door de mousselinen gordijnen naar buiten keken en zachtjes met elkaar praatten. Een man stond zich te warmen bij de lage haard. Behalve het bed waren er geen meubels en het bed zweefde. We waren omringd door handen en gezichten die bewogen en zich verbonden en die nu eens wazig en groot voor me opdoemden en dan weer verdwenen als de bellen die kinderen blazen.

De gestalten namen vormen aan die ik herkende: Inge, Catherine, Bathsheba, Jacqueline. Anderen van wie Louise niets afwist. Ze kwamen te dichtbij, stopten hun vingers in mijn mond, in mijn neusgaten, sperden mijn ogen open. Ze beschuldigden me van leugens en verraad. Ik deed mijn mond open om te spreken maar ik had geen tong, alleen een uitgeholde ruimte. Ik moet hebben geschreeuwd want ik lag in Louises armen en ze boog zich over me heen, vingers op mijn voorhoofd, en kalmeerde me, fluisterde tegen me: 'Ik laat je nooit meer gaan.'

Hoe moest ik mijn flat weer binnenkomen? De volgende ochtend belde ik de dierentuin en vroeg Jacqueline te spreken. Ze zeiden dat ze niet op haar werk was verschenen. Ik had een beetje verhoging en alleen een korte broek om aan te trekken, maar het leek me het beste om de kwestie zo spoedig mogelijk met haar te regelen. De enige uitweg voerde dwars door de problemen heen.

Louise leende me haar auto. Toen ik bij mijn flat kwam waren de gordijnen nog dicht maar de ketting was van de deur. Voorzichtig duwde ik hem open. Ik verwachtte half en half dat Jacqueline me met de gehaktmolen te lijf zou gaan. Ik stond in de hal en riep haar naam. Er kwam geen antwoord. Strikt genomen woonden Jacqueline en ik niet samen. Ze had haar eigen kamer in een gemeenschappelijk huis. Ze bewaarde bepaalde dingen in mijn flat en voor zover ik kon zien waren die verdwenen. Geen jas achter de deur. Geen hoed en handschoenen op de kapstok in de hal. Ik keek in de slaapkamer. Die was totaal overhoop gehaald. Wat Jacqueline die nacht ook had uitgespookt, ze had geen tijd gehad om te slapen. De kamer leek wel een kippenhok. Overal lagen veren. De kussens waren opengereten, het donzen dekbed leeggeschud. Ze had de laden uit de kasten getrokken en de inhoud als een vakbekwame inbreker op de vloer gedeponeerd. Ik was te verbijsterd om er iets van te begrijpen, bukte me, pakte een T-shirt en liet het weer vallen. Ik zou het voortaan als stofdoek moeten gebruiken want in het midden had ze een gat geknipt. Ik trok me terug in de woonkamer. Dat was beter, geen veren, niets gebroken, alles was gewoon verdwenen. De tafel, de stoelen, de stereo, de vazen en schilderijen, de glazen, flessen, spiegels en lampen. Gelukzalig zen. Ze had een bos bloemen midden in de kamer laten liggen. Vermoedelijk kon ze die niet meer kwijt in haar auto. Haar auto. Haar auto zat achter slot en grendel als een medeplichtige. Hoe had ze mijn spullen meegenomen?

Ik ging pissen. Dat leek een zinnige handeling, als de wc er tenminste nog was. Hij was er nog, maar de bril had ze meegenomen. De badkamer leek het doelwit te zijn geworden van een ontaarde, sadistische loodgieter. De kranen waren geknakt en tegen de wand gedrukt, een Engelse sleutel was onder de warmwaterbuis gewrikt – iemand had geprobeerd me af te sluiten. De wanden waren volgeschreven met een dikke viltstift. Het was Jacquelines handschrift. Een lange lijst van haar eigenschappen boven het bad. Een nog langere lijst van mijn tekortkomingen boven de wastafel. Als het fries van een *acid house* waren de muren onder het plafond volgekalkt met Jacquelines naam, telkens herhaald. Jacqueline botsend tegen Jacqueline. Een eindeloze rij klonen van Jacqueline in zwarte inkt. Ik besloot in de koffiepot te gaan pissen. Ze hield niet van koffie. Toen ik met een wazige blik achterom keek naar de badkamerdeur zag ik dat er SHIT op was gekliederd. Het woord en de substantie. Dat verklaarde de stank.

De worm in de knop. Inderdaad, de meeste knoppen hebben wormen, maar als je ze probeert te verdrijven beginnen ze soms als wilden te kronkelen. Ik had verwacht dat Jacqueline even stilletjes was weggeslopen als ze bij me binnen was gekropen, maar nee.

Mensen met levenservaring die matigheid aanbevelen, niet te veel hartstocht, niet te veel seks, veel groente en op tijd naar bed, zien dit niet als een mogelijk einde. In hun wereld overheersen de goede manieren en het gezonde verstand. Het komt niet bij ze op dat verstandig kiezen betekent dat je een tijdbom onder jezelf neerlegt. Het komt niet bij ze op dat je rijp bent om geoogst te worden, dat je wacht op een kans om te gaan leven. Ze denken niet aan de verwoesting die een exploderend leven aanricht. Het staat niet in hun reglement, ook al gebeurt het voortdurend. Huisje, boompje, beestje. Zij is een leuke meid, hij is een leuke jongen. Het zijn de clichés die de problemen veroorzaken.

Ik ging op de harde houten vloer van mijn nieuwe zen-woonkamer liggen en keek naar een spin die een web spon. Blinde natuur. Homo sapiens. Robert the Bruce, de verdreven koning van Schotland, zag in de zwoegende spin een teken dat hij moest volhouden, maar ik werd alleen door een geweldig verdriet bevangen. Ik behoor niet tot degenen die liefde zomaar door comfort kunnen vervangen, of hartstocht door liefde voor één nacht. Ik wil geen pantoffels thuis en dansschoenen in een klein huurkamertje om de hoek. Zo gaat het toch? Deel je leven in met de efficiency van een supermarkt, hou hart en lever gescheiden.

Ik ben nooit de pantoffels geweest; nooit degene die thuis zit en wanhopig blijft geloven in de zoveelste late vergadering. Ik ben nooit om elf uur alleen naar bed gegaan, slaap voorwendend, als een waakhond met gespitste oren wachtend op het geluid van de auto op de oprit. Ik heb nooit mijn hand uitgestoken om op de wekker te kijken en het koude gewicht van die verloren uren in mijn maag te voelen tikken.

Heel vaak ben ik de dansschoenen geweest, en o wat wilden die vrouwen graag. Vrijdagavond, een conferentie in het weekend. Ja, in mijn flat. Mantelpak uit, benen wijd, en dan trokken ze me op zich, met af en toe een pauze voor champagne en Engelse kaas. En terwijl we bezig zijn kijkt iemand uit het raam en ziet de lucht betrekken. Hij kijkt op de klok, kijkt naar de telefoon, ze heeft gezegd dat ze na haar laatste vergadering zou bellen. Ze belt. Ze maakt zich van me los en draait het nummer, laat de hoorn tegen haar borst rusten. Ze is nat van de seks en het zweet. 'Hallo schat, ja prima, het regent buiten.'

Temper de lichten. We zijn buiten de tijd. Aan de rand van een zwart gat waar we niet meer voor- of achteruit kunnen. Natuurkundigen speculeren over de vraag wat er zou gebeuren als we ons op de kraterrand van zo'n gat konden posteren. Er wordt beweerd dat we daar, dankzij de merkwaardige eigenschappen van de gebeurtenishorizon, naar de geschiedenis zouden kunnen kijken zonder zelf ooit geschiedenis te worden. We zouden eeuwig kunnen blijven waarnemen zonder dat er iemand was aan wie we het konden vertellen. Misschien bevindt God zich daar, en in dat geval zal God het hoe en waarom van de ontrouw begrijpen.

Niet bewegen. We kunnen ons niet bewegen, gevangen als kreeften in het aquarium van een restaurant. Dit zijn de grenzen van ons leven samen, deze kamer, dit bed. Dit is de wellustige ballingschap waarvoor we vrijwillig hebben gekozen. We durven niet buiten de deur te gaan eten, wie weet wie we tegen het lijf zullen lopen? We moeten eten inslaan met de vooruitziende blik van een Russische boer. We moeten het bewaren tot de dag aanbreekt, gekoeld in de ijskast, gebakken in de oven. Temperaturen van heet en koud, vuur en ijs, de extremen waaronder wij leven.

We gebruiken geen drugs, we zijn al high van het gevaar, waar spreken we af, wanneer praten we met elkaar, wat gebeurt er als we elkaar in het openbaar ontmoeten? We denken dat niemand wat heeft gemerkt maar er zijn altijd gezichten bij het gordijn, ogen op de weg. Ze hebben niets om over te roddelen, daarom roddelen ze over ons.

Zet de muziek harder. We dansen met elkaar, van de buitenwereld afgesloten als een paar homoseksuelen in de jaren vijftig. Als iemand aanklopt doen we niet open. Als ik toch moet opendoen zeg ik dat ze mijn boekhoudster is. We horen niets anders dan de muziek, glad als een smeermiddel dat ons over de vloer doet bewegen. Ik heb de hele week op haar gewacht. De hele week heeft in het teken gestaan van klokken en kalenders. Ik dacht dat ze misschien op donderdag zou bellen om te zeggen dat ze niet kon komen, dat gebeurt soms, al zijn we maar één van de vijf weekends samen, plus die gestolen uurtjes na kantoortijd.

Ze welft haar lichaam als een kat die zich uitrekt. Ze duwt haar kut in mijn gezicht zoals een veulen achter een hek zijn neus in je gezicht duwt. Ze ruikt naar de zee. Ze ruikt naar strandmeertjes toen ik een kind was. Ze houdt er een zeester in leven. Ik ga op mijn hurken zitten om het zout te proeven, om met mijn vingers langs de rand te gaan. Ze gaat open en dicht als een zeeanemoon. Ze wordt elke dag opnieuw gevuld met een verse stroom verlangen.

De zon wil niet achter het scherm blijven. De kamer wordt overspoeld door licht dat sinusgolven op het vloerkleed tekent. Het vloerkleed, dat in de toonzaal zo fatsoenlijk leek, oogt nu bordeelrood. De verkoper zei dat het bordeauxrood was.

Ze ligt tegen het licht, leunt met haar rug tegen een staaf licht. Het licht breekt kleuren onder haar oogleden. Ze wil dat het licht haar binnendringt, de doffe kou doorbreekt van haar ziel, waarin al vele zomers, ze is de tel kwijt, geen warmte meer is doorgedrongen. Haar man ligt op haar als een dekzeil. Hij waadt haar binnen alsof ze een moeras is. Ze houdt van hem en hij houdt van haar. Ze zijn toch nog steeds getrouwd?

Op zondag, als ze weg is, kan ik de gordijnen opendoen, mijn horloge opwinden en de stapels borden rond het bed afwassen. Ik kan uit de kliekjes mijn maaltijd samenstellen en aan haar denken, hoe ze thuis aan het zondagse diner zit te luisteren naar het zachte tikken van de klok en het geluid van bezige handen die het bad voor haar laten vollopen. Haar man zal wel met haar te doen hebben, wallen onder haar ogen, uitgeput. Arme schat, ze heeft haast niet geslapen. Ik moet haar maar eens lekker instoppen in haar eigen lakens. Onze vuile lakens breng ik wel even naar de wasserette.

Zulke dingen voeren de diepbedroefden naar de Jacquelines van deze wereld, maar de Jacquelines van deze wereld leiden op hun beurt tot zulke dingen. Is er geen andere weg? Is geluk altijd een compromis?

Ik lees altijd vrouwenbladen in de wachtkamer van de tandarts. Ze boeien me met hun geheimzinnige wereld van seksadviezen en tips om een man aan de haak te slaan. Het dunne glanspapier deelt me mee dat je erachter kunt komen of je man een verhouding heeft door zijn onderbroek en zijn reukwater te controleren. De tijdschriften beweren dat een man op zoek naar een maîtresse zijn lul vorstelijker wil bedekken dan voorheen. Hij wil zijn sporen uitwissen met een nieuwe aftershave. En de tijdschriften kunnen het weten. Kijk, daar heb je de ware Jakob. Hij doet de deur van de badkamer heimelijk op slot om zijn gloednieuwe sixpack boxershorts (grote maat) te passen. Zijn trouwe, vaal geworden onderbroek-met-gulp ligt afgedankt op de vloer. De badkamerspiegel is zodanig bevestigd dat hij zijn gezicht goed kan zien; om deze belangrijke aanwinsten te keuren zal hij op de rand van de badkuip moeten balanceren, zich vasthoudend aan de roede van het douchegordijn. Zo, dat is beter, nu ziet hij alleen nog een advertentie uit een mannenblad, fijn batistkatoen, enigszins uitstaand rond een stevige tors. Hij springt tevreden van de badkuip af en besprenkelt zich overdadig met Hommage Homme. Jakoba zal niks merken, ze is een kerrieschotel aan het maken.

Als Jakoba een verhouding heeft is daar moeilijker achter te komen, zeggen de tijdschriften, en die kunnen het weten. Ze koopt geen nieuwe kleren, nee, ze gaat zich juist eenvoudiger kleden zodat haar man haar gelooft als ze zegt dat ze naar een avondcursus middeleeuwse luitmuziek gaat. Als ze zelf geen baan heeft, wordt het heel moeilijk om er ongemerkt mee door te gaan, behalve 's middags. Nemen daarom zoveel vrouwen een baan? Is Kinsey daarom tot de conclusie gekomen dat zoveel vrouwen liever 's middags vrijen?

Ik heb eens een vriendin gehad die alleen kon klaarkomen tussen twee en vijf uur 's middags. Ze werkte in de Botanische Tuin in Oxford, waar ze rubberplanten kweekte. Haar bevredigen was een riskante aangelegenheid: er kon immers ieder moment een betalende bezoeker met een geldig toegangsbiljet binnenstappen om advies in te winnen over de *Ficus elastica.* Toch dreef de hartstocht me voort en ik zocht haar op in het holst van de winter, van top tot teen ingepakt, massa's sneeuw van mijn laarzen stampend als een personage uit *Anna Karenina.*

Ik ben altijd dol geweest op Vronski maar ik geloof niet in het imiteren van literatuur. Judith was verdiept in Conrad. Ze zat tussen de rubberplanten *Heart of Darkness* te lezen. Misschien wel het meest erotische wat ik tegen haar had kunnen zeggen was: 'Mistah Kurtz – hij dood.' Ik heb wel eens gehoord dat de Russen er vreselijk onder lijden dat ze buiten dikke bontjassen moeten dragen om zich dan binnenshuis weer tot op het ondergoed te moeten uitkleden. Dat was ook mijn probleem. Judith leefde in een permanente broeikaswereld van korte broeken en T-shirts. Ik moest mijn luchtige niemendalletjes meenemen of een snelle tocht door de kou wagen, slechts verwarmd door een duffelse jas. Op een rustige middag na het vrijen op het houthaksel onder de ranken van een klimplant kregen we ruzie en zette ze me de broeikas uit. Ik liep van raam tot raam en bonkte tevergeefs tegen de ruiten. Het sneeuwde en ik droeg alleen mijn eendelige speelpakje.

'Als je me niet binnenlaat ga ik dood.'

'Ga dan maar dood.'

Ik vond mezelf te jong om dood te vriezen. Ik holde door de straten terug naar mijn kamer, zo nonchalant als ik kon. Een bejaarde gaf me vijftig pence en ik werd niet gearresteerd. We moeten dankbaar zijn voor kleine gunsten. Ik belde Judith om haar te zeggen dat het uit was tussen ons en dat ze mijn spullen terug moest geven.

'Ik heb alles verbrand,' zei ze.

Misschien ben ik niet in de wieg gelegd voor het bezit van wereldse goederen. Misschien staan die mijn spirituele ontwikkeling in de weg en kiest mijn hogere ik voortdurend voor situaties waarin ik niet gebukt ga onder de last van het materiële. Dat is een troostrijke gedachte, wat gunstiger dan het idee een sukkel te zijn... Judiths billen. Ik aanbid ze.

Dóórdringend tot het hart van mijn kinderlijke ijdelheden, Louises gezicht, Louises woorden: 'Ik laat je nooit meer gaan.' Daar ben ik bang voor geweest, dat heb ik vermeden na al die labiele verhoudingen waar ik telkens weer aan verslaafd was, de eerste zes maanden. De middernachtelijke telefoontjes, de uitbarstingen van energie, de beminde als accu voor al die verzwakkende cellen. Na het laatste pak slaag bij Bathsheba zei ik tegen mezelf dat ik zoiets nooit meer zou doen. Ik had een vaag vermoeden dat ik helemaal niet vies was van een pak slaag, maar als dat zo was moest ik in ieder geval leren een extra jas aan te trekken. Jacqueline was een jas. Ze pakte mijn zintuigen in. Bij haar vergat ik mijn gevoelens en wentelde ik me in tevredenheid. Tevredenheid is volgens jou een gevoel? Weet je zeker dat het niet het ontbreken van gevoel is? Ik vergelijk het met de gevoelloosheid na een bezoek aan de tandarts. Geen pijn maar ook geen afwezigheid van pijn, een lichte verdoving. Tevredenheid is de positieve kant van berusting. Tevredenheid heeft zo haar charmes, maar het is niet goed om een jas en bonten pantoffels en dikke handschoenen te dragen als het lichaam liever naakt wil zijn.

Ik dacht nooit aan mijn vorige vriendinnen tot ik bevriend raakte met Jacqueline. Ik had er nooit tijd voor. Bij Jacqueline hulde ik me in een karikatuur van de sportieve kolonel, de in tweed geklede snuiter met een lange rij trofeeën en een hele reeks herinneringen bij elke trofee. Ik betrapte mezelf op het verlangen naar een glas sherry en wat geestelijk gestoei met Inge, Catherine, Bathsheba, Judith, Estelle... Estelle, ik heb al jaren niet meer aan Estelle gedacht. Ze had een schroothandel. Nee nee nee! Ik wil niet teruggaan in de tijd, als in een SF-thriller. Wat kan mij het schelen dat Estelle een gammele Rolls-Royce had met een pneumatische achterbank? Ik ruik het leer nu nog.

Louises gezicht. Onder haar felle blik wordt mijn verleden weggebrand. De beminde is salpeterzuur. Hoop ik dat Louise mijn redding wordt? Een geweldige reiniging van daad en wandaad, waarna de lei weer schoon is. In Japan kunnen vrouwen heel aardig de maagdelijke staat simuleren met het wit van een ei. Je kunt daar voor minstens vierentwintig uur een nieuw maagdenvlies krijgen. In Europa geven we van oudsher de voorkeur aan een halve citroen. Die fungeert niet alleen als een primitief pessarium, maar maakt het zelfs de meest volhardende man erg lastig om zijn anker neer te laten in wat hem de plooibaarste aller vrouwen moet hebben toegeschenen. Nauwheid gaat door voor nieuwheid; de man gelooft dat zijn kleine bruid genoegzaam afgesloten diepten bezit. Hij mag zich erop verheugen haar centimeter voor centimeter binnen te dringen.

Bedriegen is makkelijk. Ontrouw vereist geen raffinement. Een voorschot nemen op het vertrouwen dat iemand in je stelt kost aanvankelijk niets. Je kunt het straffeloos doen, je neemt wat meer en nog wat meer tot er niets meer te nemen valt. Je zou je handen vol moeten hebben na al dat nemen, maar als je ze opent zit er vreemd genoeg niets in.

Als ik zeg 'Ik blijf je trouw' baken ik een rustig gebied af dat buiten het bereik van andere verlangens ligt. Niemand kan de liefde bij wet regelen; ze laat zich niet gebieden of inpalmen. De liefde behoort zichzelf toe, is doof voor smeekbeden en ongevoelig voor geweld. Over liefde valt niet te onderhandelen. Liefde is het enige wat sterker is dan begeerte en de enige goede reden om de verleiding te weerstaan. Er zijn mensen die zeggen dat je je tegen de verleiding kunt pantseren. Degenen die denken dat verdwaalde verlangens uit het hart kunnen worden verjaagd als de geldwisselaars uit de tempel. Misschien kan dat, als je je zwakke punten dag en nacht bewaakt, niet kijkt, niet ruikt, niet droomt. De betrouwbaarste beveiligingsdienst, goedgekeurd door kerk en staat, is het huwelijk. Zweer dat je alleen hem of haar zult aankleven en als bij toverslag zal dat ook gebeuren. Overspel heeft net zo veel met ontgoocheling te maken als met seks. De betovering werkte niet. Je hebt een hoop geld neergeteld, de koek opgegeten maar het werkte niet. Daar kun jij toch niks aan doen?

Het huwelijk is het nietigste wapen tegen de begeerte. Je kunt net zo goed met een proppenschieter op een python schieten. Een vriend van me, een schatrijke bankier die de hele wereld had afgereisd, vertelde me dat hij ging trouwen.

Dat had ik niet verwacht, want ik wist dat hij jarenlang in de ban was geweest van een danseres die zich, om allerlei aannemelijke en minder aannemelijke redenen, niet wilde binden. Op het laatst had hij zijn geduld verloren en een leuke vaste vriendin gevonden die een manege dreef. In het weekend voor de bruiloft zocht ik hem op in zijn flat. Hij vertelde me hoe serieus hij het huwelijk nam, en dat hij de teksten van de huwelijksinzegening had bestudeerd en ze prachtig vond. Binnen de grenzen van het geluk voelde hij zich gelukkig. Toen ging de bel en hij nam een enorme vracht witte lelies in ontvangst. Hij was net bezig ze enthousiast in vazen te zetten en me deelgenoot te maken van zijn theorieën over de liefde, toen er opnieuw werd aangebeld. Ditmaal nam hij een doos Veuve Clicquot en een reusachtig blik kaviaar in ontvangst. De tafel was gedekt en het viel me op hoe vaak hij op zijn horloge keek.

'Als we getrouwd zijn,' zei hij, 'kan ik me niet voorstellen dat ik nog naar andere vrouwen omkijk.' Voor de derde keer ging de bel. Het was de danseres. Ze kwam voor het weekend. 'Ik ben nog niet getrouwd,' zei hij.

Als ik zeg 'Ik blijf je trouw' moet ik dat menen ondanks de formaliteiten, in plaats van de formaliteiten. Als ik overspel pleeg in mijn hart, dan heb ik een stukje van je verloren. Het heldere beeld van je gezicht zal vervagen. Ik heb dat misschien niet meteen in de gaten, misschien ben ik er wel trots op dat mijn vleselijke verzetjes een volkomen denkbeeldig karakter droegen. Toch zal ik de scherpe vuursteen die vonken tussen ons slaat – ons verlangen naar elkaar boven al het andere – stomp hebben gemaakt.

King Kong. De reusachtige gorilla staat op het dak van het Empire State Building en houdt Fay Wray gevangen in zijn hand. Er wordt een zwerm vliegtuigen de lucht in gestuurd om het monster te verwonden, maar het veegt ze weg zoals je met een vlieg zou doen. Een tweedekker met twee zitplaatsen en het woord GETROUWD op de zijkant zal het beest, dat in de greep is van de begeerte, nog geen schrammetje kunnen toebrengen. Je zult 's nachts nog steeds wakker liggen en je trouwring ronddraaien, almaar rond.

Met Louise wil ik iets anders doen. Ik wil samen op vakantie *en* samen thuiskomen. Zij brengt spanning en opwinding in mijn leven, maar ik moet kunnen geloven dat het langer dan een halfjaar zal duren. Mijn biologische klok, die ervoor zorgt dat ik 's avonds in slaap val en 's ochtends weer wakker word met een regelmaat van vierentwintig uur, schijnt daarnaast nog een langere omlooptijd te kennen, één van vierentwintig *weken*. Ik kan het aan mijn laars lappen, dat is me meermalen gelukt, maar ik kan niet voorkomen dat de wekker afloopt. Bij Bathsheba, met drie jaar mijn langste liefde, werd het trouwe klokje in de luren gelegd. Ze was zo zelden aanwezig dat ze weliswaar een heel stuk tijd in beslag nam, maar mijn dagen vrijwel niet vulde. Misschien was dat haar geheim. Als ze naast me had gelegen en met me had gegeten en gewassen, geboend en gebaad, misschien was ik dan na een halfjaar vertrokken, of had ik in ieder geval staan te popelen om weg te gaan. Ik denk dat ze dat wist.

Waardoor wordt de biologische klok beïnvloed? Wat verstoort haar, vertraagt haar, versnelt haar? Deze vragen worden gesteld in een tamelijk onbekende tak van wetenschap, de chronobiologie. De belangstelling voor de klok groeit omdat we, naarmate we onnatuurlijker gaan leven, er meer behoefte aan krijgen om de natuur voor het lapje te houden, zodat ze haar patronen voor ons verandert. Nachtwerkers en mensen die vaak vliegen zijn duidelijk het slachtoffer van hun hardnekkige biologische klok. Hormonen spelen een belangrijke rol, evenals sociale en ecologische factoren. Uit deze mêlee duikt, stukje bij beetje, de factor licht op. De hoeveelheid licht waaraan we worden blootgesteld heeft een uiterst belangrijke invloed op onze klok. Licht. Zon als een cirkelzaag door het lichaam. Zal ik mij volgens de wetten van de zonnewijzer aan Louises directe blik onderwerpen? Het is riskant: mensen worden gek zonder een beetje scha-duw, maar hoe moet ik anders een levenslange gewoonte doorbreken?

Louise nam mijn gezicht tussen haar handen. Ik voelde haar lange vingers, spits toelopend langs de zijkanten van mijn hoofd, haar duimen onder mijn kaken. Ze trok zich naar me toe en kuste me voorzichtig, haar tong achter mijn onderlip. Ik sloeg mijn armen om haar heen en wist niet of ik een geliefde was of een kind. Ik wilde dat ze me onder haar rokken zou verbergen voor alles wat me kon bedreigen. Er waren nog steeds scherpe stekels van begeerte maar er was ook een slaperige veilige rust alsof ik weer als kind in mijn bootje zat. Ze wiegde me tegen zich aan, zeekalm, zee onder een heldere hemel, een boot met een glazen bodem en niets om bang voor te zijn.

'Het begint te waaien,' zei ze.

Louise, laat me in jou over deze levendige golven varen. Ik heb de hoop van een Ierse heilige in een kleine boot. Wat bracht ze ertoe zee te kiezen in die jaren voor het jaar 1000, met niets tussen zichzelf en de zee dan wat stukken leer en latwerk? Hoe wisten ze zo zeker dat ze land zouden vinden, nooit in kaart gebracht, nooit gezien? Ik zie ze voor me, ze eten grof roggebrood en honingraat, schuilen voor de regen onder een dierenhuid. Hun lichamen zijn verweerd maar hun zielen zijn doorzichtig. De zee is een middel, geen doel. Ze vertrouwen haar, ondanks de voortekenen.

De eerste pelgrims deelden een kathedraal als hart. Zij waren de tempel die niet door handen was gemaakt. De Ecclesia van God. Het lied dat hen over de golven droeg was de hymne van het hout. Hun kelen waren onbedekt voor God. Kijk ze toch eens, het hoofd in de nek, de monden open, helemaal alleen op de meeuwen na die op de voorsteven neerstrijken en weer opvliegen. Tegen de te zoute zee en de dreigende lucht vormden hun stemmen een scherm van lof.

Liefde was het die hen voortdreef. Liefde die hen weer thuisbracht. Liefde hardde hun handen tegen de riemen en verwarmde hun pezen tegen de regen. De reizen die ze maakten tartten het gezonde verstand: wie verlaat huis en haard? en ook nog zonder kompas, en ook nog in de winter, en ook nog alleen. Wat je op het spel zet maakt duidelijk wat je hoogacht. Waar liefde is, vallen haard en queeste samen.

Louise, voor jou wil ik het verleden graag de rug toekeren, ik wil voortgaan en niet achteromkijken. Ik ben vaker onvoorzichtig geweest, ik heb de nadelen altijd weggewuifd. Dit keer heb ik alles van tevoren afgewogen. Ik weet wat het betekent om afstand te doen van de ervaringen van een heel leven. Ik weet het en het kan me niet schelen. Jij hebt een ruimte voor me geopend die niet propvol associaties zit. Het kan een leegte zijn en het kan een bevrijding zijn. Ik neem zonder aarzelen het risico. Ik neem het risico omdat het leven dat ik heb opgepot begint te schimmelen.

Ze kuste me en in haar kus lag de complexiteit van de hartstocht. Geliefde en kind, maagd en losbandige. Was ik ooit eerder gekust? Ik was verlegen als een ongetemd veulen. Ik bezat de zwier van Mercutio. Dit was de vrouw met wie ik gisteren had liggen vrijen, haar smaak lag nog vers in mijn mond, maar zou ze blijven? Ik bibberde als een schoolmeisje.

'Je beeft helemaal,' zei ze.

'Dan heb ik het zeker koud.'

'Ik maak je wel warm.'

We gingen op mijn vloer liggen met onze rug naar het daglicht. Ik had niet meer licht nodig dan in haar aanraking besloten lag, haar vingers streelden mijn huid, activeerden de zenuweinden. Met gesloten ogen begon ik een reis langs haar ruggengraat, omlaag over haar hobbelige weg die me naar een kloof en een vochtige vallei voerde en toen naar een diepe put waarin ik kon verdrinken. Welke plekjes zijn er verder nog in de wereld behalve die op het lichaam van een geliefde?

Na het vrijen lagen we zwijgend naast elkaar. We keken naar de tuin, beschenen door de middagzon, naar de lange schaduwen van de vooravond die patronen op de witte muur vormden. Ik hield Louises hand vast, me van die handeling bewust, maar ik voelde ook dat er een verder reikende intimiteit zou kunnen ontstaan, de erkenning van een andere persoon die dieper gaat dan bewustzijn en veeleer in het lichaam huist dan in de geest. Ik begreep dat gevoel niet, ik vroeg me af of het wel echt was, ik had het nooit eerder bij mezelf opgemerkt, maar ik had het wel een keer waargenomen bij twee mensen die al heel lang bij elkaar waren. De tijd had hun liefde niet verminderd. Het leek alsof ze elkaar waren geworden zonder hun uitgesproken eigenheid te verliezen. Ik had het maar één keer gezien en ik was er jaloers op. Het vreemde van Louise, van het samenzijn met Louise, was dat déjà-vu-gevoel. Ik kon haar niet goed kennen en toch kende ik haar goed. Geen feiten en cijfers, ik was mateloos nieuwsgierig naar haar leven, eerder een bijzonder vertrouwen. Die middag had ik het gevoel dat ik altijd hier bij Louise was geweest, we waren vertrouwd met elkaar.

'Ik heb met Elgin gepraat,' zei ze. 'Ik heb hem verteld wat jij voor mij betekent. Ik heb hem verteld dat we met elkaar naar bed zijn geweest.'

'Wat vond hij daarvan?'

'Hij vroeg welk bed.'

'Welk bed?'

'Ons huwelijksbed, zoals hij het waarschijnlijk zou noemen, is door hem gemaakt toen we van mijn geld in een piepklein huisje woonden. Hij was co-assistent, ik gaf les, hij werkte 's avonds aan het bed... Het is niet erg comfortabel. Ik heb hem verteld dat we mijn bed hebben gebruikt. Mijn gelegenheidsbed. Toen werd hij wat rustiger.'

Ik kon me voorstellen hoe Elgin over zijn bed dacht. Bathsheba had er altijd op aangedrongen dat we hun huwelijksbed zouden gebruiken. Ik moest aan zijn kant slapen. Het was de schending van de onschuld waar ik bezwaar tegen had, een bed hoort een veilige plek te zijn. Het is niet veilig als je je niet kunt omdraaien of er ligt al iemand anders in. Ik lucht nu mijn gewetensbezwaren, maar ik liet me er toen niet door weerhouden. Ik vind het nu verachtelijk.

'Ik heb tegen Elgin gezegd dat ik jou moet kunnen ont- moeten, dat ik met jou moet kunnen komen en gaan wan- neer ik wil. Ik heb gezegd dat ik niet wilde liegen en dat ik niet wilde dat hij tegen mij zou liegen... Hij vroeg of ik bij hem wegging en ik zei dat ik het echt niet wist.'

Ze keek me aan, haar gezicht ernstig, onthutst. 'Ik weet het echt niet. Wil je dat ik bij hem wegga?'

Ik slikte en zocht wanhopig naar een antwoord. Het ant- woord dat op mijn tong lag en uit de grond van mijn hart kwam was: 'Ja. Ga meteen je koffers pakken.' Dat kon ik niet zeggen, ik bedacht het antwoord in mijn hoofd.

'Zullen we afwachten hoe het gaat?'

Louises gezicht verried haar maar één tel, maar ik wist nu dat zij ook wou dat ik ja had gezegd. Ik probeerde haar en mezelf te helpen.

'We kunnen over drie maanden beslissen. Dat is toch veel eerlijker? Tegenover Elgin, tegenover jou?'

'En jij dan?'

Ik haalde mijn schouders op. 'Jacqueline is verleden tijd. Je kunt me krijgen als je me hebben wilt.'

Ze zei: 'Ik wil je meer bieden dan alleen ontrouw.'

Ik keek in haar mooie gezicht en dacht: Ik ben hier niet klaar voor. Mijn laarzen zitten nog onder de modder van de vorige keer. Ik zei: 'Gisteren was je boos op me, je verweet me dat ik op trofeeënjacht was en je zei dat ik je pas mijn liefde mocht verklaren als ik zelf van mijn liefde overtuigd was. Je had gelijk. Gun me de tijd om te doen wat ik moet doen. Maak het me niet gemakkelijk. Ik wil zekerheid. Voor mezelf én voor jou.'

Ze knikte. 'Toen ik je twee jaar geleden zag vond ik je de mooiste mens, man of vrouw, die ik ooit had gezien.'

Twee jaar geleden, waar had ze het over?

'Ik zag je in het park, je liep alleen, je praatte in jezelf. Ik heb je ongeveer een uur gevolgd en ben toen naar huis gegaan. Ik had nooit gedacht dat ik je terug zou zien. Je was een spel in mijn hoofd.'

'Doe je dat wel vaker, mensen volgen in het park?'

Ze lachte. 'Daarvoor nog nooit en daarna maar één keer. De tweede keer dat ik je zag. Je was in de British Library.'

'Zat ik te vertalen?'

'Ja. Ik noteerde het nummer van je stoel en vroeg aan een baliemedewerker of hij wist hoe je heette. Toen ik je naam had vond ik ook je adres en daarom trof je een halfjaar geleden op je stoep een drijfnatte, ontredderde stakker aan.'

'Je zei dat je tas was gestolen.'

'Ja.'

'Je vroeg of je binnen mocht komen om te drogen en je man te bellen.'

'Ja.'

'Dat was dus allemaal komedie?'

'Ik móést met je praten. Ik kon niks anders verzinnen. Niet zo slim. En toen ontmoette ik Jacqueline en ik dacht ik moet hiermee ophouden en ik dacht aan Elgin en probeerde op te houden. Ik maakte mezelf wijs dat we vriendschap konden sluiten, dat het genoeg zou zijn als ik een goede vriendin van je werd. En konden we het niet prima met elkaar vinden?'

Mijn gedachten gingen terug naar die dag toen ik Louise in de regen had aangetroffen. Ze leek op Puck, opdoemend uit de mist. Haar haar glansde van de heldere regendruppels, de regen stroomde over haar borsten en hun contouren waren duidelijk te zien onder haar natte mousselinen jurk.

'Lady Emma Hamilton, Nelsons maîtresse, heeft me op dat idee gebracht,' zei Louise alsof ze mijn gedachten kon raden. 'Ze maakte haar jurk nat voordat ze de straat opging. Het was heel uitdagend maar het had de gewenste uitwerking op Nelson.'

Niet *weer* die Nelson.

Ja, die dag. Ik zag haar door het raam van mijn slaapkamer en stormde naar buiten. Het was een daad van behulpzaamheid, maar een heerlijke daad. Ik was degene die de volgende dag belde. Ze nodigde me allervriendelijkst uit voor de lunch. Het enige wat ik begreep was dat ik haar motieven niet begreep. Ik heb geen gebrek aan zelfvertrouwen maar ik ben niet mooi – dat woord is voorbehouden aan heel weinig mensen, mensen zoals Louise. Ik zei dat tegen haar.

'Jij ziet niet wat ik zie.' Ze streelde mijn gezicht. 'Je bent een heldere plas vol fonkelend licht.'

Er werd op de deur gebonkt. We schrokken allebei.

'Dat moet Jacqueline zijn,' zei Louise. 'Ik had wel verwacht dat ze in het donker terug zou komen.'

'Ze is geen vampier.'

Het gebonk hield op en een sleutel werd voorzichtig in het slot gestoken. Had Jacqueline eerst willen kijken of er iemand thuis was? Ik hoorde haar binnenkomen en naar de slaapkamer gaan. Toen deed ze de deur van de zitkamer open. Ze zag Louise en barstte in huilen uit.

'Jacqueline, waarom heb je mijn spullen gestolen?'

'Ik haat je.'

Ik probeerde haar over te halen om te gaan zitten en wat te drinken maar meteen nadat ze het glas had aangenomen gooide ze het naar Louise. Het miste doel en spatte tegen de muur uiteen. Ze liep met reuzenstappen door de kamer, pakte een van de scherpste en grootste scherven en haalde uit naar Louises gezicht. Ik greep Jacqueline bij de pols en wrong haar hand naar achteren. Ze gilde het uit en liet de glasscherf los.

'Eruit,' zei ik terwijl ik haar bleef vasthouden. 'Geef me de sleutels en verdwijn.' Het was alsof ik nooit om haar had gegeven. Ik wilde haar wegvagen. Ik wilde haar stomme rotkop uitwissen. Ze had dit niet verdiend, diep in mijn hart wist ik dat het mijn zwakheid was geweest, niet de hare, die tot deze beschamende taferelen had geleid. Ik had het moeten bijleggen, verdere problemen moeten vermijden, maar ik sloeg haar in het gezicht en rukte mijn sleutels uit haar zak.

'Dat was voor de badkamer,' zei ik terwijl ze aan haar bloedende mond voelde. Jacqueline strompelde naar de deur en spuugde me in het gezicht. Ik pakte haar bij de kraag en sleurde haar naar haar auto. Ze reed weg met gierende banden en zonder licht.

Ik keek haar na, de armen slap langs mijn lichaam. Ik kreunde en ging op het lage muurtje naast mijn flat zitten. De lucht was koel en kalmerend. Waarom had ik haar geslagen? Ik had er altijd een eer in gesteld de superieure partner te zijn, de intelligente gevoelige partner die goede manieren op prijs stelde en in praktijk bracht. Nu had ik me tijdens een ruzie ontpopt als een ordinaire bruut. Ze had me boos gemaakt en ik had daarop gereageerd door haar toe te takelen. Hoe vaak komt zo iets voor de rechter? Hoe vaak heb ik niet met een schampere trek om de mond op andermans gewelddadigheid neergekeken?

Ik sloeg mijn handen voor mijn gezicht en huilde. Deze ellende was mijn schuld. Weer een mislukte verhouding, weer een gekrenkt mens. Wanneer hield ik daar eens mee op? Ik haalde mijn knokkels langs de ruwe baksteen. Er is altijd een excuus, een goede reden om ons te gedragen zoals we doen. Ik kon geen goede reden verzinnen.

'Goed,' zei ik tegen mezelf, 'dit is je laatste kans. Laat nu zien wat je waard bent. Laat zien dat je Louise waard bent.'

Ik ging weer naar binnen. Louise zat heel stil naar het glas tussen haar handen te kijken, alsof het een kristallen bol was.

'Vergeef me,' zei ik.

'Je hebt mij niet geslagen.' Ze draaide zich naar me toe, haar volle lippen in een lange rechte lijn. 'Als je me ooit slaat ga ik bij je weg.'

Mijn maag kromp ineen. Ik wilde me verdedigen maar kon mijn mond niet opendoen. Ik vertrouwde mijn stem niet.

Louise stond op en liep naar de badkamer. Ik hoorde hoe ze de deur opendeed en naar adem snakte. Ze kwam terug en stak me haar hand toe. De rest van de avond vulden we met schoonmaken.

Het interessante van een knoop is zijn geometrische complexiteit. Zelfs de eenvoudigste sierknoop, de driepas, met zijn drie bij benadering symmetrische cirkelbogen, bezit zowel wiskundige als artistieke schoonheid. Religieuze mensen geloven dat de knoop van koning Salomo het wezen van alle kennis symboliseert. Voor tapijtmakers en wevers over de hele wereld ligt de uitdaging van de knoop in de regelmaat van zijn verrassingen. Een knoop kan veranderen maar moet zich wel aan de voorschriften houden. Een huis-, tuin- en keukenknoop is een broddelknoop.

Louise en ik werden door één enkele lus van liefde bijeengehouden. In het touw rond onze lichamen zaten geen scherpe zwenkingen en sinistere kronkels. Onze polsen waren niet vastgebonden en we hadden geen strop om de hals. In de veertiende en vijftiende eeuw bestond er in Italië een populaire sport waarbij twee vuistvechters, met een sterk touw aan elkaar vastgebonden, vochten tot de een de ander had doodgeslagen. Het eindigde vaak met de dood van de verliezer omdat hij niet kon weglopen en de winnaar hem maar zelden spaarde. De winnaar mocht het touw houden en legde er een knoop in. Hij hoefde er op straat alleen maar mee te zwaaien om de voorbijgangers geld af te persen.

Ik wil niet jouw sport zijn en ook niet dat jij de mijne bent. Ik wil je niet slaan voor mijn plezier, de heldere lijnen die ons binden niet verwarren, je niet op de knieën dwingen om je daarna weer overeind te trekken. Het publieke gezicht van een leven in chaos. Ik wil dat de hoepel rond onze harten een richtsnoer is, geen dreiging. Ik wil je niet strakker aanhalen dan je kunt verdragen. Ik wil ook niet dat de banden verslappen, ik wil het touw niet zo ver laten vieren dat we genoeg hebben om ons aan op te hangen.

Ik zat in de bibliotheek en schreef dit alles aan Louise terwijl ik naar het facsimile van een geïllumineerd manuscript keek, waarvan de eerste letter een reusachtige L was. De L bestond uit een wirwar van vogel- en engelfiguren die tussen de inktlijnen kropen. De letter was een doolhof. Daarbuiten, boven op de L, stond een pelgrim met hoed en mantel. In het hart van de letter, die samen met zijn spiegelbeeld een rechthoek vormde, stond het Lam Gods. Hoe zou de pelgrim zijn weg zoeken door deze doolhof, die geen geheimen kende voor vogels en engelen? Ik probeerde langdurig de juiste weg te vinden maar werd telkens in doodlopende gangen door vurige slangen gegrepen. Ik gaf het op en sloot het boek, vergeten dat het eerste woord Liefde was.

In de weken die volgden waren Louise en ik zo veel mogelijk bij elkaar. Zij ontzag Elgin, ik ontzag Elgin *en* haar. Onze behoedzaamheid was doodvermoeiend.

Op een avond bedreven we, na de lasagne met fruits de mer en een fles champagne, zo onstuimig de liefde dat het gelegenheidsbed door de turbine van onze wellust over de vloer werd voortgestuwd. We begonnen bij het raam en eindigden bij de deur. Het is algemeen bekend dat weekdieren de geslachtsdrift prikkelen, Casanova at zijn mosselen rauw alvorens een dame te bevredigen, maar aan de andere kant geloofde hij ook in de stimulerende werking van warme chocola.

Bespraaktheid van vingers, de taal van de doofstommen, die op het lichaam het verlangen naar het lichaam uitdrukt. Wie heeft jou geleerd in bloed op mijn rug te schrijven? Wie heeft je geleerd je handen als brandijzers te gebruiken? je hebt je naam in mijn schouders gekerfd, mij met je teken gekenmerkt. De kussentjes van je vingers zijn drukletters geworden, je tikt een boodschap op mijn huid, tikt betekenis in mijn lichaam. Jouw morse interfereert met mijn hartslag. Ik had een stabiel hart voor ik jou ontmoette, ik kon erop vertrouwen, het was aan het front geweest en sterk geworden. Nu vervang jij zijn tempo door je eigen ritme, je speelt op me, trommelt me strak.

Op het lichaam geschreven staat een geheime code, alleen zichtbaar bij een bepaald licht; de ervaringen van een heel leven stapelen zich daar op. Op sommige plekken is de palimpsest zo zwaar bewerkt dat de letters aanvoelen als braille. Het liefst rol ik mijn lichaam op, ver weg van nieuwsgierige ogen. Ontvouw nooit te veel, vertel nooit het hele verhaal. Ik wist niet dat Louises handen konden lezen. Ze heeft me vertaald in haar eigen boek.

We probeerden rustig te zijn, vanwege Elgin. Er was afgesproken dat hij de deur uit zou gaan maar volgens Louise was hij nog in huis. In stilte en in het donker beminden we elkaar en terwijl ik met mijn hand langs haar beenderen streek vroeg ik me af wat de tijd zou doen met huid die zo nieuw voor mij was. Kon ik ooit minder van dit lichaam gaan houden? Waarom gaat hartstocht voorbij? Tijd die jou doet verschrompelen zal mij doen verschrompelen. We zullen als rijpe vruchten vallen en samen door het gras rollen. Dierbare vriendin, laat me naast je liggen en naar de wolken kijken tot de aarde ons bedekt en wij er niet meer zijn.

Elgin verscheen de volgende ochtend aan het ontbijt. Dat was een schok. Hij was lijkbleek. Louise ging zo stil mogelijk op haar plaats aan het eind van de lange tafel zitten. Ik nam een neutrale positie in, ongeveer halverwege. Ik beboterde een stukje toost en nam een hap. Het geluid deed de tafel trillen. Elgin kromp ineen.

'Is het nu echt nodig om zoveel lawaai te maken?'

'Het spijt me, Elgin,' zei ik, het tafelkleed met kruimels bespattend.

Louise reikte me de theepot aan en glimlachte.

'Vanwaar dat blije gezicht?' zei Elgin. 'Jij hebt ook geen oog dichtgedaan.'

'Je zei dat je tot vandaag weg zou blijven,' zei Louise kalm.

'Ik ben thuisgekomen. Het is mijn huis. Ik heb ervoor betaald.'

'Het is ons huis en ik heb je verteld dat we vannacht hier zouden zijn.'

'Ik had net zo goed in een bordeel kunnen overnachten.'

'Ik dacht dat je dat zou doen,' zei Louise.

Elgin stond op en gooide zijn servet op de tafel. 'Ik ben doodmoe maar ik ga nu aan het werk. Mijn werk is het redden van levens en dankzij jou ben ik vandaag niet in topvorm. Je zou jezelf als een moordenares kunnen beschouwen.'

'Ik zou het kunnen maar ik doe het niet,' zei Louise.

We hoorden hoe Elgin zijn mountainbike uit de hal haalde. Door het raam van het souterrain zag ik hem zijn roze helm vastgespen. Hij was dol op fietsen, hij dacht dat het goed was voor zijn hart.

Louise was in gedachten verzonken. Ik dronk twee koppen thee, deed de afwas en overwoog naar huis te gaan toen ze haar armen van achteren om me heen sloeg en haar kin op mijn schouder legde.

'Zo gaat het niet langer,' zei ze.

Ze vroeg me drie dagen te wachten en beloofde me daarna bericht te sturen. Ik knikte als een stomme hond en liep terug naar mijn hoek. Ik was hopeloos verliefd op Louise en doodsbang. Gedurende die drie dagen probeerde ik opnieuw onze verhouding te rationaliseren, in de woeste zee een veilige haven te maken waar ik kon ronddobberen om van het uitzicht te genieten. Er was geen uitzicht, enkel Louises gezicht. Ik vond haar emotioneel en onbezonnen. Ik wist nooit wat ze nu weer ging doen. Ik was nog steeds bezig al mijn angst op haar schouders te laden. Ik wilde nog steeds dat zij de leidster van onze expeditie werd. Waarom vond ik het moeilijk te accepteren dat wij reddeloos aan elkaar waren overgeleverd? Het lot is een beangstigend begrip. Ik wil niet voorbestemd zijn, ik wil zelf kiezen. Maar misschien moest ik Louise kiezen. Als er maar twee mogelijkheden zijn, Louise of geen Louise, dan heb ik geen keus.

Op de eerste dag probeerde ik in de bibliotheek aan mijn vertalingen te werken, maar op het vloeiblad krabbelde ik de route van mijn werkelijke zoektocht. Ik was misselijk van angst. De hevige angst haar nooit meer terug te zien. Ik zou mijn woord niet breken. Ik zou niet opbellen. Ik speurde de rij nijvere hoofden af. Donker, blond, grijs, kaal, pruik. Helemaal aan de andere kant zat een vuurrode vlam. Ik wist dat het Louise niet was maar ik kon mijn ogen niet van die kleur afhouden. Het rood kalmeerde me zoals een willekeurige teddybeer een kind kalmeert dat van huis is. Het was niet van mij maar het leek op het mijne. Als ik mijn ogen samenkneep besloeg de roodharige de hele zaal. De koepel was rood verlicht. Ik voelde me als een pit in een granaatappel. Sommige mensen zeggen dat Eva geen appel maar een granaatappel plukte, de vrucht van de schoot, ik zou mij al etend een weg naar de verdoemenis banen om jou te proeven.

'Ik hou van haar, ik kan er niks aan doen.'

De heer met het gebreide vest tegenover me keek op en fronste het voorhoofd. Ik had de regels overtreden door hardop te praten. Erger nog, ik had in mezelf gepraat. Ik pakte mijn boeken en stoof de zaal uit, langs de argwanende blikken van de suppoosten en naar buiten, de trap af, geflankeerd door de machtige zuilen van het British Museum. Op weg naar huis praatte ik mezelf aan dat ik nooit meer wat van Louise zou horen. Ze zou met Elgin naar Zwitserland gaan en daar een baby krijgen. Een jaar geleden had Louise haar baan op Elgins verzoek opgezegd zodat ze een gezin konden stichten. Ze had één miskraam gehad en wilde dat niet nog eens meemaken. Ze had me verteld dat haar besluit, geen baby, vaststond. Geloofde ik haar? Ze had de enige reden opgegeven die ik geloofwaardig vind. Ze zei: 'Misschien lijkt het op Elgin.'

Een reden vooronderstelt een redenering. Ik zat gevangen in een nachtmerrie van Piranesi. De logische weg, de passende stappen leidden tot niets. Mijn geest voerde me omhoog langs kronkelige trappen die uitkwamen op deuren die uitkwamen op niets. Ik wist dat mijn probleem voor een deel bestond uit een oorlogstrauma. Als ik in een toestand werd gebracht die ook maar enigszins op die met Bathsheba leek, begon ik om me heen te slaan. Bathsheba vroeg voortdurend om bedenktijd en kwam dan vervolgens met een lijst van compromissen op de proppen. Louise, dat wist ik, zou geen compromissen sluiten. Ze zou verdwijnen.

Tien jaar huwelijk is heel veel huwelijk. Niemand kan van mij verwachten dat ik een juist beeld van Elgin schets. En wat nog belangrijker is, ik had de oude Elgin nooit ontmoet, de man die ze had getrouwd. Niemand van wie Louise had gehouden kon een waardeloos mens zijn, als ik niet wilde accepteren dat ik zelf een waardeloos mens zou kunnen zijn. Ik had in ieder geval nooit druk op haar uitgeoefend om bij me weg te gaan. Het zou haar eigen beslissing zijn.

Ik heb ecns een vriendje gehad dat Malle Frank heette. Hij was door dwergen grootgebracht hoewel hij zelf ruim één meter tachtig lang was. Hij was dol op zijn pleegouders en droeg ze vaak rond, elk op een schouder. Hij droeg ze ook toen ik hem ontmoette, op een Toulouse-Lautrec-tentoonstelling in Parijs. We gingen naar een café en toen naar een ander café en werden stomdronken en terwijl we in een gammel bed in een goedkoop pension lagen vertelde hij me over zijn voorliefde voor miniaturen.

'Je zou volmaakt zijn als je kleiner was,' zei hij.

Ik vroeg hem of hij zijn ouders overal mee naar toe nam en hij zei dat dat zo was. Ze hadden niet veel ruimte nodig en ze hielpen hem vrienden te maken. Hij legde uit dat hij heel verlegen was.

Frank had het lichaam van een stier; een beeld dat hij versterkte door enorme gouden ringen door zijn tepels te dragen. Helaas waren de ringen met elkaar verbonden door een zware gouden schakelketting. Het effect had heel erg macho moeten zijn, maar in werkelijkheid leek het nog het meest op het handvat van een boodschappentas van Chanel.

Hij wilde niet gesetteld raken. Hij stelde zich ten doel in elke haven een gat te vinden. Hij deed niet moeilijk over de precieze ligging. Frank geloofde dat de liefde een verzinsel was om mensen voor de gek te houden. Zijn theorie was seks en vriendschap. 'Gaan mensen niet altijd beter met hun vrienden om dan met hun seksuele partners?' Hij waarschuwde me nooit verliefd te worden, maar zijn woorden kwamen te laat want ik viel al op hem. Hij was de volmaakte zwerver, tas met bezittingen in de ene hand, zwaaiend met de andere. Hij bleef nergens lang hangen, hij was maar twee maanden in Parijs. Ik smeekte hem met mij terug te gaan naar Engeland maar hij lachte en zei dat Engeland voor getrouwde stellen was. 'Ik moet vrij zijn,' zei hij.

'Maar je neemt je ouders overal mee naar toe.'

Frank vertrok naar Italië en ik ging terug naar Engeland. Ik was er twee hele dagen kapot van en toen dacht ik: Een man en zijn dwergen. Was dat wat ik wou? Een man wiens borstjuwelen rinkelden onder het lopen?

Het is jaren geleden maar ik bloos nog als ik eraan denk. Seks kan op liefde lijken, of misschien komt het door mijn schuldgevoel dat ik seks liefde noem. Ik heb zoveel meegemaakt dat ik toch zou moeten weten wat ik precies met Louise aan het doen ben. Ik zou volwassen moeten zijn. Waarom voel ik me als een kloostermaagd?

Op de tweede dag van mijn beproeving nam ik handboeien mee naar de bibliotheek, waarmee ik me vastketende aan mijn stoel. Ik gaf de sleutel aan de heer met het gebreide vest en vroeg hem me om vijf uur vrij te laten. Ik vertelde hem dat ik een deadline had, dat een sovjetschrijver misschien geen politiek asiel in Groot-Brittannië zou krijgen als ik mijn vertaling niet op tijd af had. Hij nam de sleutel aan zonder iets te zeggen, maar ongeveer een uur later was hij verdwenen.

Ik werkte door, de geconcentreerde stilte van de bibliotheek verloste me af en toe van mijn gedachten aan Louise. Waarom is de geest niet in staat zijn eigen onderwerp te kiezen? Hoe komt het dat wanneer we wanhopig aan iets proberen te denken, er altijd andere gedachten binnensluipen? De verpletterende welving van Louise had me afgeleid van alle andere constructies. Ik hou van denkspelletjes, werken kost me geen moeite en ik werk snel. In het verleden heb ik, ongeacht mijn situatie, altijd rust kunnen vinden in mijn werk. Nu was ik dat vermogen opeens kwijt. Ik was een raddraaier die opgesloten moest worden.

Telkens wanneer het woord Louise in mijn gedachten kwam verving ik het door een bakstenen muur. Na enkele uren bestond mijn geest geheel uit bakstenen muren. Erger nog, mijn linkerhand zwol op, ik denk dat hij niet genoeg bloed kreeg doordat hij aan de stoelpoot vastgeketend was. De heer was nergens te bekennen. Ik wenkte een suppoost en vertelde hem fluisterend mijn probleem. Hij kwam terug met een collega en samen tilden ze mijn stoel op en droegen me als een vorst door de leeszaal van de British Library. Niemand keek op, wat wel iets zegt over de onverstoorbaarheid van de wetenschap.

In het kantoor van de chef probeerde ik alles uit te leggen.

'Bent u communist?' vroeg hij.

'Nee, ik ben een zwevende kiezer.'

Hij liet me loshakken en beschuldigde me van Moedwillige Beschadiging Van Leeszaalstoel. Ik probeerde hem ertoe te bewegen het in 'onopzettelijke beschadiging' te veranderen maar daar ging hij niet op in. Toen maakte hij heel plechtig proces-verbaal op en zei dat ik mijn toegangskaart moest inleveren.

'Ik kan mijn kaart niet inleveren. Ik verdien er mijn brood mee.'

'Had u moeten bedenken voor u zich aan Bibliotheekeigendom vastketende.'

Ik gaf hem mijn kaart en kreeg een formulier om beroep aan te tekenen. Kon ik nog dieper zinken?

Het antwoord was ja. Ik lag de hele nacht als een privédetective op de loer voor Louises huis. Ik zag de lichten uitgaan achter sommige ramen, aan achter andere. Lag ze in zijn bed? Wat had ik daarmee te maken? Ik voerde in die uren van duisternis een schizofrene dialoog met mezelf, die duurde tot in de kleine uurtjes, zo genoemd omdat het hart verschrompelt tot een erwt en geen sprankje hoop meer bevat.

Tegen de ochtend kwam ik bibberend en ellendig thuis. Ik was blij met dat gebibber, want ik hoopte dat het op koorts wees. Als ik een paar dagen lag te ijlen zou haar vertrek misschien minder pijn doen. Met een beetje geluk ging ik er zelfs aan dood. 'De mensen zijn van tijd tot tijd gestorven en door wormen opgegeten, maar niet van liefde.' Shakespeare had het mis – ik was daarvan het levende bewijs.

'Je zou doodbestendig moeten zijn,' zei ik bij mezelf. 'Als je levensbestendig bent had hij gelijk.'

Ik ging zitten om een testament te maken waarin ik alles aan Louise naliet. Was ik gezond van lichaam en geest? Ik nam mijn temperatuur op. Nee. Ik tuurde naar mijn hoofd in de spiegel. Nee. Ik kon beter naar bed gaan, de gordijnen dichttrekken en de drankfles pakken.

Zo vond Louise me om zes uur op de avond van de derde dag. Ze had me vanaf een uur of twaalf proberen te bellen maar ik was te lam om er wat van te merken.

'Ze hebben me mijn kaart afgepakt,' zei ik toen ik haar zag.

Ik barstte in huilen uit en lag te grienen in haar armen. Ze stopte me in bad en gaf me een slaapdrankje, verder kon ze niets voor me doen. In mijn wegzakkende bewustzijn hoorde ik haar zeggen: 'Ik laat je nooit meer gaan.'

Niemand weet welke krachten twee mensen naar elkaar toe trekken. Er zijn theorieën genoeg: astrologie, scheikunde, gemeenschappelijke behoefte, biologische drift. Tijdschriften en handboeken in alle talen vertellen je hoe je de perfecte partner moet kiezen. Kennismakingsbureaus benadrukken de wetenschappelijkheid van hun aanpak, maar het bezit van een computer maakt je nog niet tot een wetenschapper. De oude muziek van de romantische liefde wordt op moderne digitale wijze ten gehore gebracht. Waarom zou je je lot aan het toeval overlaten als je het kunt overlaten aan de wetenschap? Kortom, de pseudo-laboratoriumjasbenadering van het koppelen op grond van persoonlijke gegevens zal plaats maken voor een echt experiment waarvan de resultaten, hoe ongewoon ook, beheersbaar zullen blijven. Dat zeggen ze tenminste. (Zie voor soortgelijke beweringen: atoomsplijting, gentherapie, reageerbuisbevruchting, hormoonkruising, zelfs de eenvoudige kathodestraal.) Het geeft niet. De Virtuele Werkelijkheid staat voor de deur.

Op dit moment moet je, om een virtuele wereld te kunnen betreden, een primitief ogende duikerhelm opzetten van het type dat men in de jaren veertig droeg, en je moet een speciale handschoen aantrekken, een soort tuinhandschoen. Aldus uitgerust betreed je een 360°-televisie met een driedimensionaal beeld, driedimensionaal geluid en vaste voorwerpen die je kunt pakken en verplaatsen. Je hoeft niet meer vanuit een vaste gezichtshoek naar een film te kijken: dit is een filmdecor dat je zelf kunt verkennen, zelfs veranderen als het je niet bevalt. Je zintuigen weten niet beter of je bent in een echte wereld. Het feit dat je een duikerhelm en een tuinhandschoen draagt is niet van belang.

Binnenkort zal deze uitrusting worden vervangen door een kamer die je gewoon kunt binnenlopen. Maar eigenlijk is het een intelligente ruimte, een door jou uitgekozen virtuele wereld binnen vier muren. Als je wilt kun je dag en nacht in een door de computer geschapen wereld leven. Je kunt experimenteren met een virtueel leven met een virtuele geliefde. Je kunt je virtuele huis betreden en virtueel huishoudelijk werk doen en een baby of twee toevoegen, en zelfs uitzoeken of je niet liever homoseksueel wilt zijn. Of alleen. Of hetero. Waarom aarzelen als je kunt doen alsof?

En seks? Jazeker. Teledildonica is het woord. Binnenkort kun je je teleaanwezigheid aansluiten op het uit miljarden glasvezels bestaande, wereldomspannende vezeloptische net en zo je partner in de Virtuele Werkelijkheid ontmoeten. Jullie echte lichamen dragen pakken die bestaan uit duizenden minuscule voelhoorntjes per vierkante centimeter. Via het vezeloptische net wordt elke aanraking verzonden en ontvangen. De virtuele epidermis is even gevoelig als je eigen opperhuid.

Wat mijzelf betreft, ongereconstrueerd als ik ben, ik hou je liever in mijn armen terwijl we in de echte Engelse regen door het natte gras van een echte Engelse weide lopen. Ik reis liever de wereld rond om jou bij me te hebben dan thuis je teleaanwezigheid te bellen. De geleerden zeggen dat ik kan kiezen, maar hoeveel heb ik over hun andere uitvindingen te zeggen? Mijn leven is niet van mij; kortom, ik zal moeten marchanderen over mijn werkelijkheid. Een tegenstander van de vooruitgang? Nee, ik wil de machines niet vernielen, maar ik wil ook niet dat de machines mij vernielen.

Augustus. De straat als een kookplaat die ons roostert. Louise had me naar Oxford gebracht om van Elgin af te zijn. Ze vertelde me niet wat er de voorgaande drie dagen was gebeurd, ze bewaarde haar geheim als een spion in oorlogstijd. Ze glimlachte kalm, de volmaakte geheim agent. Ik vertrouwde haar niet. Ik dacht dat ze op het punt stond onze relatie te verbreken, dat ze zich met Elgin had verzoend en hem om toestemming had gevraagd voor deze korte vakantie, de laatste, met een huivering van spijt. Ik voelde me terneergedrukt, alsof er een steen op mijn hart lag.

We wandelden, zwommen in de rivier, lazen rug aan rug zoals geliefden doen. Praatten voortdurend over alles behalve onszelf. We waren in een virtuele wereld waar het enige taboe het echte leven was. Maar in een echte virtuele wereld had ik Elgin voorzichtig kunnen oppakken en voorgoed uit beeld kunnen laten verdwijnen. Ik zag hem uit mijn ooghoek: hij wachtte eindeloos. Elgin zat op zijn hurken naar het leven te kijken tot het bewoog.

We zaten in onze huurkamer, de ramen wijdopen tegen de hitte. Buiten, de opeengepakte geluiden van de zomer: straatgeroep, het getik van een croquetbal, gelach, plotseling en onvolledig en boven ons Mozart op een tingelende piano. Een hond, woef woef woef, die achter de grasmaaier aanzat. Mijn hoofd lag op jouw buik en ik hoorde hoe je lunch op weg was naar je darmen.

Je zei: 'Ik ga weg.'

Ik dacht: Ja, natuurlijk ga je weg, je gaat terug naar de schelp.

Je zei: 'Ik ga bij hem weg omdat mijn liefde voor jou elk ander leven tot een leugen maakt.'

Ik heb die woorden verstopt in de voering van mijn jas. Ik haal ze er als een juwelendief uit wanneer niemand kijkt. Ze zijn niet verbleekt. Niets van jou is verbleekt. Je hebt nog altijd de kleur van mijn bloed. Jij bent mijn bloed. Als ik in de spiegel kijk zie ik niet mijn eigen gezicht. Jouw lichaam is er twee keer. Eén keer jij één keer ik. Hoe kan ik weten wie wie is?

We gingen terug naar mijn flat en jij bracht uit je andere leven niets anders mee dan de kleren die je aanhad. Elgin wilde niet dat je iets meenam voordat er een scheidingsregeling was getroffen. Jij had hem gevraagd om zich van je te laten scheiden wegens overspel maar hij hield vast aan abnormaal gedrag.

'Zo redt hij zijn figuur nog een beetje,' zei je. 'Overspel stempelt je tot een bedrogen echtgenoot. Abnormaal gedrag stempelt je tot een martelaar. Een gekke vrouw is beter dan een slechte vrouw. Wat zou hij tegen zijn vrienden zeggen?'

Ik weet niet wat hij tegen zijn vrienden zei maar ik weet wel wat hij tegen mij zei. Louise en ik woonden inmiddels een kleine vijf maanden innig gelukkig samen. Het was kersttijd en we hadden de flat versierd met kransen die we hadden gevlochten van hulst en klimop uit het bos. We hadden heel weinig geld: ik had niet zo veel vertaald als ik me had voorgenomen en Louise kon pas in het nieuwe jaar weer aan de slag. Ze had een baan gevonden als docente kunstgeschiedenis.

Het deerde ons niet. We waren stuitend gelukkig. We zongen en speelden en maakten kilometerslange wandelingen om gebouwen te bekijken en mensen gade te slaan. Een schat was ons in handen gevallen en die schat was de ander.

Die tijd staat me nu weer kristalhelder voor ogen. Als ik hem tegen het licht hou, wordt hij telkens in een andere kleur gebroken. Louise in haar blauwe jurk, sparappels verzamelend in haar rok. Louise tegen de paarse lucht, ogend als een figuur op een prerafaëlitisch schilderij. Het jonge groen van ons leven en de laatste gele rozen in november. De kleuren vervagen en ik zie alleen haar gezicht. Dan hoor ik haar stem, helderwit: 'Ik laat je nooit meer gaan.'

Het was de dag voor Kerstmis en Louise ging op bezoek bij haar moeder, die altijd een hekel aan Elgin had gehad tot Louise haar vertelde dat ze van hem ging scheiden. Louise hoopte dat de vredige kerststemming haar kansen zou vergroten, en toen de sterren scherp en helder aan de hemel stonden sloeg ze haar lange haar als een sjaal om zich heen en ging op pad. Ik wuifde haar met een glimlach na. Wat zou ze er prachtig uitzien op de Russische steppen.

Toen ik de deur wilde sluiten kwam er een schim op me af. Het was Elgin. Ik wilde hem niet binnen vragen maar er ging een vreemde, joviale dreiging van hem uit. Mijn nekharen gingen recht overeind staan als die van een dier. Ik dacht: Dit probleem moet zo snel mogelijk de wereld uit, in het belang van Louise.

Ik bood hem wat te drinken aan en hij praatte maar zonder ter zake te komen tot ik er niet meer tegen kon. Ik vroeg hem wat hij wilde. Had het met de scheiding te maken? 'In zekere zin,' zei hij glimlachend. 'Er is iets wat ik je, denk ik, moet vertellen. Iets wat Louise je waarschijnlijk niet heeft verteld.'

'Louise vertelt mij alles,' zei ik koeltjes. 'En ik haar.'

'Heel ontroerend,' zei hij terwijl hij naar het ijs in zijn whisky keek. 'Dus dan vertel ik je niets nieuws als ik zeg dat ze kanker heeft?'

Driehonderd kilometer boven het aardoppervlak is er geen zwaarte. De wetten van de beweging gelden er niet meer. Je kunt er een oneindig trage salto maken, gewichtloos, zonder te vallen. Je merkt opeens dat je voeten zich van je hoofd hebben verwijderd terwijl je in de ruimte zwom. Je lichaam breidt zich oneindig traag uit, wordt langer, je gewrichten glippen weg van hun normale plaats. Er is geen verbinding meer tussen je schouder en je arm. Je zult bot voor bot uiteenvallen, afgebroken van wie je bent, je drijft nu weg, alles valt uiteen.

Waar ben ik? Ik herken hier niets. Dit is niet de wereld die ik ken, het kleine schip dat ik heb getrimd en opgetuigd. Wat is dit voor een trage ruimte, waarin mijn arm aldoor op en neer gaat als in een karikatuur van Mussolini? Wie is die man met de draaiende ogen, wiens mond zich opent als een gaskamer, wiens woorden zuur en smerig in mijn keel en neusgaten branden? De kamer stinkt. De lucht is bedorven. De man vergiftigt me en ik kan niet vluchten. Mijn voeten gehoorzamen me niet. Waar is de vertrouwde ballast van mijn leven? Ik vecht machteloos, zonder hoop. Ik grijp om me heen maar mijn lichaam glijdt weg. Ik wil me schrap zetten tegen iets dat vastzit maar niets zit hier vast.

De feiten Elgin. De feiten. Leukemie.
Hoe lang al?
Een jaar of twee. Ze is niet ziek.
Nog niet.
Wat voor leukemie?
Chronische lymfocytische leukemie. Ze ziet er gezond uit.
De eerste symptomen kunnen enige tijd op zich laten wachten.
Ze is gezond.
Ik heb een bloedonderzoek gedaan na haar eerste miskraam.
Haar eerste?
Ze had ernstige bloedarmoede. Ik begrijp het niet.
Het komt weinig voor. Ze is niet ziek. Haar lymfeklieren zijn opgezwollen. Gaat ze dood? Ze zijn rubberachtig maar ze doen geen pijn. Gaat ze dood? Haar milt is niet opgezwollen. Dat is een goed teken. Gaat ze dood? Ze heeft te veel witte T-cellen. Gaat ze dood? Dat hangt ervan af. Waarvan? Van jou. Je bedoelt dat ik haar kan verzorgen? Ik bedoel dat ik haar kan verzorgen.

Elgin ging weg en ik ging onder de kerstboom zitten kijken naar de schommelende engeltjes en de snoepkaarsjes. Zijn plan was simpel: als Louise bij hem terugkwam zou hij haar de verzorging geven die voor geen geld te koop is. Ze zou met hem naar Zwitserland gaan en daar gebruik kunnen maken van de allernieuwste medische technologie. Als patiënte, hoe rijk ook, zou ze dat niet kunnen. Als Elgins vrouw wel.

De behandeling van kanker is meedogenloos en toxisch. Louise zou normaal met steroïden worden behandeld, zeer grote doses om remissie op te wekken. Wanneer haar milt groter begon te worden zou hij worden gespoeld of misschien zelfs verwijderd. Tegen die tijd zou ze aan ernstige bloedarmoede beginnen te lijden, inwendige kneuzingen en bloedingen krijgen en veel last van moeheid en pijn hebben. Ze zou last krijgen van verstopping. Ze zou braken en misselijk zijn. Ten slotte zou de chemotherapie een beendermergtekort veroorzaken. Ze zou broodmager worden, mijn mooie jonge vrouw, mager en uitgeput en ten dode opgeschreven. Chronische lymfocytische leukemie is niet te genezen.

Louise kwam thuis. Haar gezicht straalde van de kou. Er lag een diepe gloed op haar wangen, haar lippen waren ijskoud toen ze me kuste. Ze stak haar verkleumde handen onder mijn overhemd en drukte ze als twee brandijzers tegen mijn rug. Ze babbelde over de kou en de sterren en hoe helder de lucht was en ze zei dat de maan als een ijsspegel aan het dak van de wereld hing.

Ik wilde niet huilen, ik wilde rustig en vriendelijk met haar praten. Maar ik huilde wel, vlugge hete tranen vielen op haar koude huid en brandden mijn ellende in haar vlees. Ongelukkig zijn is egoïstisch, verdrietig zijn is egoïstisch. Voor wie zijn die tranen? Misschien kan het niet anders.

'Elgin is langs geweest,' zei ik. 'Hij zei dat je bloedkanker had.'

'Het is niet ernstig.' Ze zei het snel. Wat verwachtte ze van me?

'Is kanker niet ernstig?'

'Ik ben asymptomatisch.'

'Waarom heb je het me niet verteld? Had je het me niet kunnen zeggen?'

'Het is niet ernstig.'

Voor het eerst valt er een stilte tussen ons. Ik wil nu boos op haar zijn. Ik zat vol opgekropte woede.

'Ik wacht nog op de uitslag. Ik heb wat extra onderzoeken laten doen. Ik heb nog geen uitslag.'

'Elgin wel, hij zegt dat je het niet wilt weten.'

'Ik vertrouw Elgin niet. Ik heb een andere specialist ingeschakeld.'

Ik staarde haar aan met gebalde vuisten, zodat ik mijn nagels in mijn handpalmen kon drijven. Toen ik haar aankeek zag ik Elgins hoekige, bebrilde gezicht. Niet Louises gekrulde lippen maar zijn triomfantelijke mond.

'Zal ik er wat over vertellen?' zei ze.

In de uren van de nacht tot de lucht blauwzwart werd, daarna parelgrijs, tot de zwakke winterzon ons haar eerste stralen zond, lagen we, gehuld in een reisdeken, in elkaars armen en vertelde ze me waar zij bang voor was en vertelde ik haar waar ik bang voor was. Ze was vastbesloten niet naar Elgin terug te gaan. Ze wist heel veel over de ziekte en ik zou van haar leren. We zouden de problemen samen het hoofd bieden. Dappere woorden en een troost voor ons beiden, die behoefte hadden aan troost in de kleine koude kamer die ons leven die nacht omsingelde. We begonnen met niets en Louise was ziek. Ze vertrouwde erop dat alle kosten uit de scheidingsregeling konden worden betaald. Ik was daar niet zo zeker van maar te moe en te opgelucht om die nacht verder te gaan. Dat we weer tot elkaar waren gekomen was al ver genoeg.

De volgende dag, toen Louise de deur uit was, ging ik op bezoek bij Elgin. Ik kreeg de indruk dat hij me verwachtte. We gingen naar zijn studeerkamer. Hij had een nieuw spelletje op zijn computerscherm. Dit heette LABORATORIUM. Een goede geleerde (gespeeld door de bediener) en een krankzinnige geleerde (gespeeld door de computer) wedijveren om 's werelds eerste transgenetische tomaat te produceren. De tomaat, waarin menselijke genen zijn geïmplanteerd, verandert zichzelf in een broodje, in ketchup of in pizzasaus met maximaal drie toegevoegde ingrediënten. Maar is het ethisch verantwoord?

'Doe je een spelletje mee?'

'Ik kom over Louise praten,' zei ik.

Hij had de uitslag van haar onderzoek op een tafel uitgespreid. De prognose was ongeveer honderd maanden. Hij maakte me duidelijk dat het Louise weinig moeite zou kosten haar toestand luchtig op te vatten zolang ze zich fit en gezond voelde, maar dat daar verandering in zou komen als ze haar kracht begon te verliezen.

'Maar waarom zou ik haar als een ernstig zieke behandelen voordat ze ziek is?'

'Als we haar nu behandelen is er een kans dat de ziekte tot stilstand wordt gebracht. Wie weet?' Hij haalde zijn schouders op en glimlachte en sloeg een paar toetsen aan. De tomaat grijnsde.

'Weet je het niet?'

'Kanker is een onvoorspelbare aandoening. Het lichaam keert zich tegen zichzelf. Dat begrijpen we nog niet. We weten wat er gebeurt maar niet waarom het gebeurt en hoe we het moeten tegenhouden.'

'Dan heb je Louise niets te bieden.'

'Behalve haar leven.'

'Ze komt toch niet bij je terug.'

'Zijn jullie niet een beetje te oud voor romantische dromen?'

'Ik hou van Louise.'

'Red haar dan.'

Elgin ging achter zijn scherm zitten. Hij hield het voor gezien. 'Het probleem is,' zei hij, 'als ik het verkeerde gen kies, dan krijg ik een kwak tomatensaus over me heen. Dus je begrijpt mijn probleem.'

Lieve Louise,

Ik hou meer van je dan van het leven zelf. Ik ben nog nooit zo gelukkig geweest. Ik wist niet dat zoveel geluk mogelijk was. Kan liefde ruimtelijk zijn? Het is tastbaar voor mij, het gevoel tussen ons, ik weeg het in mijn handen zoals ik je hoofd in mijn handen weeg. Ik klamp me vast aan de liefde zoals een bergbeklimmer zich vastklampt aan zijn touw. Ik wist dat onze weg steil zou zijn maar de loodrechte rotswand waar we nu voor staan had ik niet verwacht. We kunnen die helling de baas, dat weet ik zeker, maar jij zou al het zware werk moeten doen.

Ik ga vanavond weg, ik weet niet waarheen, het enige wat ik weet is dat ik niet terugkom. Je hoeft de flat niet uit; ik heb wat geregeld. Je bent veilig in mijn huis maar niet in mijn armen. Als ik blijf ben jij degene die weggaat, creperend zonder hulp. Het was niet de bedoeling dat onze liefde jou het leven zou kosten. Ik kan dat niet verdragen. Als ik mijn leven kon geven voor het jouwe, dan zou ik dat graag doen. Je bent naar me toe gekomen in de kleren die je aanhad, dat was voldoende. Niets meer, Louise. Je hoeft me niets meer te geven. Je hebt me alles al gegeven.

Ga alsjeblieft met Elgin mee. Hij heeft me beloofd dat hij me van je toestand op de hoogte zal houden. Ik zal iedere dag aan je denken, honderd keer op een dag. Mijn hele lichaam is bedekt met jouw handafdrukken. Jouw vlees is mijn vlees. Jij hebt me ontcijferd en ik ben duidelijk leesbaar geworden. De boodschap is eenvoudig: mijn liefde voor jou. Ik wil dat je blijft leven. Vergeef me mijn fouten. Vergeef me.

Ik pakte mijn koffers en nam de trein naar Yorkshire. Ik wiste mijn sporen uit zodat Louise me niet kon vinden. Ik nam mijn werk mee en wat geld, het geld dat nog over was nadat ik een jaar lang de hypotheek had betaald, genoeg geld voor een paar maanden. Ik vond een piepklein huisje en een postbus voor mijn uitgevers en een vriend die zich verplichtte mij te helpen. Ik nam een baantje in een chique wijnbar. Een eetcafé, bestemd voor de *nouveaux réfugiés* die gebakken vis met patat te veel een warme hap voor arbeiders vonden. Wij serveerden pommes frites met tong die geen tong was. We serveerden grote garnalen die zo diep in het ijs zaten dat we ze soms per ongeluk in een glas whisky deden. 'De nieuwste mode, meneer, whisky on the rocks à la garnaal.' Daarna vroeg iedereen erom.

Het was mijn taak de Frascati op de modieus-minuscule tafeltjes uit de koelemmer te halen en de bestellingen op te nemen. De gasten konden kiezen uit de Méditerranée Speciaal (vis met patat), de Pavarotti Speciaal (pizza met patat), de Olde Englysshe Speciaal (worst met patat) en de Cupido Speciaal (spareribs voor twee met patat en kruidenazijn). Er was ook een menu à la carte maar niemand die het kon vinden. De hele avond zwaaiden de fraai bespijkerde, gecapitonneerde groene keukendeuren naar twee kanten open, zodat de aanwezigen af en toe een glimp opvingen van twee nijvere koks met mutsen als kerktorens.

'Pleur nog even een pizza in de oven, Kev.'

'Ze wil een extra portie zoete maïs.'

'Goed, geef de blikopener dan maar even.'

Het onophoudelijke getinkel van de lange rijen magnetronovens, opeengestapeld als apparaten in een ruimtevaartcentrum, werd grotendeels overstemd door het hypnotiserende gedreun van de basluidsprekers in de bar. Niemand vroeg ooit hoe het eten werd bereid, en als iemand het had gevraagd zou zijn twijfel zijn weggenomen door een prentbriefkaart van de keukens, 'Met de complimenten van de chef-kok'. Het waren niet onze keukens, maar ze hadden het kunnen zijn. Het brood was zo wit dat het straalde.

Ik kocht een fiets om de dertig kilometer tussen de bar en mijn huurstulp af te leggen. Ik wilde zo moe worden dat ik niet meer kon denken. Maar elke omwenteling van het wiel was nog steeds Louise.

In mijn huisje bevonden zich een tafel, twee stoelen, een vloerkleed vol gaten en een bed met een amechtige matras. Als ik het koud had hakte ik wat hout en maakte een vuur. Het huisje had lange tijd leeg gestaan. Niemand wilde er wonen en niemand anders zou ooit zo stom zijn om het te huren. Er was geen telefoon en het bad stond midden in een half afgeschoten kamer. Gierende tocht kwam binnen door een slordig dichtgespijkerd raam. De vloer kraakte als in een griezelfilm. Het huisje was smerig, deprimerend en ideaal. De eigenaars vonden me een sukkel. Ik ben een sukkel.

Er stond een vettige fauteuil bij de haard, gekrompen onder zijn lubberende bekleding als een oude man in een pak uit de bloei van zijn leven. Laat mij erin gaan zitten om er nooit meer uit te hoeven komen. Ik wil hier wegkwijnen, langzaam wegzakken in het verschoten dessin, onzichtbaar tegen de dode rozen. Als je door de vuile ramen kon kijken zou je alleen mijn achterhoofd boven de rand van de stoel zien uitsteken. Je zou mijn haar zien, schaars en dunnend, grijzend, verdwenen. Doodskop in de stoel, de rozenstoel in de tuin waar alle groei tot stilstand is gekomen. Wat is het nut van beweging als beweging op leven duidt en leven op hoop? Ik heb geen leven en geen hoop. Dan kan ik maar beter uit elkaar vallen zoals het afbrokkelende beschot, of neerdalen met het stof om door iemands neusgaten te worden ingeademd. Elke dag ademen we de doden in.

Wat zijn de kenmerken van een levend wezen? Op school, bij biologie, heb ik het volgende geleerd: uitscheiding, groei, gevoeligheid voor prikkels, beweging, voeding, voortplanting en ademhaling. Niet bepaald een levendig lijstje. Als dat alle kenmerken van een levend wezen zijn, ben ik net zo lief dood. Hoe zit het met dat andere kenmerk, zo wijd verbreid onder menselijke levende wezens: het verlangen naar liefde? Nee, het valt niet onder de categorie voortplanting. Ik voel niet de behoefte me voort te planten, maar ik ben nog altijd op zoek naar liefde. Voortplanting. Oogverblindend eetkamerameublement in Queen Annestijl, in prijs verlaagd, alles moet weg. Echt hout. Is dat wat ik wil? Het modelgezin, twee plus twee in een simpel huisje-boompje-beestje-bouwpakket? Ik wil geen model, ik wil het origineel op ware grootte. Ik wil me niet vermenigvuldigen, ik wil iets volkomen nieuws maken. Strijdlustige woorden, maar de strijdlust is me ontvallen.

Ik probeerde de boel een beetje op te ruimen. Ik knipte wat winterjasmijn uit de verwilderde tuin en nam de bloemen mee naar binnen. Het boeket leek op een non in een achterbuurt. Ik kocht een hamer en wat hardboard en repareerde de ergste scheuren en gaten. Ik zorgde ervoor dat ik bij de haard kon zitten zonder tegelijkertijd de wind te voelen. Dat was een hele prestatie. Mark Twain bouwde zich een huis met een raam boven de haard zodat hij de sneeuw boven de vlammen kon zien vallen. Ik had een gat in de zoldering waardoor het inregende, maar mijn leven was toch al één en al druilerigheid.

Een paar dagen na mijn aankomst hoorde ik buiten een onzeker gejank. Een geluid dat uitdagend en patserig had moeten zijn maar het niet helemaal was. Ik trok mijn laarzen aan, pakte mijn zaklantaarn en strompelde door de papperige januarisneeuw. Het was een dikke, taaie brij. Om het pad naar mijn huis begaanbaar te houden moest ik elke dag as strooien. De as vermengde zich met slijk, het regenwater in de dakgoot viel rechtstreeks op het stoepje voor mijn deur. Elke windvlaag blies de pannen van het dak. Stijf tegen de muur van het huis aangedrukt – als je zwetend, dikbuikig metselwerk dat door korstmos bijeen wordt gehouden een muur mag noemen – zat een magere, schurftige kat. Hij was doornat en rilde. Zonder te aarzelen bukte ik me en pakte hem in zijn nekvel zoals Louise mij had opgepakt.

Onder de lamp zag ik dat de kat en ik vuil waren. Wanneer had ik voor het laatst een bad genomen? Mijn kleren roken muf, mijn huid was vaal. Mijn haar viel uit, met machteloze plukken tegelijk. De kat was aan één kant met olie besmeurd en de vacht van zijn buik zat onder de modder.

'Vanavond neemt heel Yorkshire zijn wekelijkse bad,' zei ik, en ik bracht de kat naar de vermoeide oude geëmailleerde badkuip op drie klauwpoten. De vierde hoek rustte op een bijbel. 'Rots der eeuwen, gekliefd voor mij, Bied mij heul, o sta mij bij.' Ik kreeg de aftandse boiler weer aan de praat met een reeks uitroepen, smeekbeden, lucifers en een fles aanstekerbrandstof. Uiteindelijk begon hij te pruttelen en te spugen en de afbladderende badkamer vulde zich met kwalijk riekende stoomwolken. De kat staarde me met onthutste ogen aan.

Even laten waren we allebei weer schoon, hij gehuld in een handdoek, ik in mijn enige luxe, een wollig badlaken. Zijn kop leek heel klein doordat de vacht tegen de schedel zat geplakt. Hij miste een stuk uit één oor en had een lelijke schram boven zijn oog. Hij lag te trillen in mijn armen, ook al praatte ik zachtjes over een kommetje melk. Later, in het instortende ledikant, verscholen onder een donzen dekbed dat zo slecht was behandeld dat de veertjes niet bewogen als ik het opschudde, leerde een melkzatte kat spinnen. Hij sliep de hele nacht op mijn borst. Ik sliep niet veel. Ik probeerde 's nachts wakker te blijven tot ik zo volkomen uitgeput was dat ik de eerste droomslaap van iemand die veel te verbergen heeft kon overslaan. Er zijn mensen die overdag een hongerkuur volgen en bij het opstaan merken dat hun gekastijde lichaam 's nachts de koelkast heeft geplunderd, het vlees rauw van het bot heeft gekloven en zich tegoed heeft gedaan aan kattenvoer, toiletpapier, alles wat de honger kon stillen.

Naast Louise slapen was een genot geweest dat vaak tot seks had geleid maar er niet mee samenviel. De heerlijke gematigde warmte van haar lichaam, haar huidtemperatuur die volmaakt bij de mijne paste. Dan maakte ik me van haar los om me uren later weer om te draaien en me te voegen naar de welving van haar rug. Haar geur. Typische Louisegeur. Haar haar. Een rode deken die ons beiden bedekte. Haar benen. Ze schoor ze nooit zo grondig dat ze volkomen glad werden. Er bleef een zekere ruwte over die ik aangenaam vond, het allereerste begin van de terugkerende haartjes. Ze mochten niet zichtbaar worden en daardoor kwam ik er niet achter welke kleur ze hadden, maar ik voelde ze met mijn voeten, ging met mijn voeten langs haar scheenbeen, langs de lange botten van haar benen, rijk aan merg. Merg waarin de bloedlichaampjes worden gevormd, rood en wit. Rood en wit, de kleuren van Louise.

In boeken over rouwverwerking zeggen ze dat je met een kussen onder de dekens moet slapen. Niet hetzelfde als een *Dutch wife*, dat is een rolkussen dat je in de tropen tussen je benen legt om het zweet op te nemen, niet hetzelfde als een *Dutch wife*. 'Het kussen zal u in de lange, onafgebroken uren tot troost zijn. Als u slaapt, zult u er onbewust baat bij vinden. Als u wakker ligt, zal het bed minder groot en eenzaam lijken.' Wie schrijft die boeken? Denken ze nu echt, die bezadigde, bezorgde raadgevers, dat een halve meter linnen met vulsel een gebroken hart kan genezen? Ik wil geen kussen, ik wil jouw bewegende ademende vlees. Ik wil dat je in het donker mijn hand vasthoudt, ik wil bovenop je rollen en mezelf in je drukken. Als ik me 's nachts omdraai is het bed breed als een continent. Er is eindeloze witte ruimte waar jij niet zult zijn. Ik doorkruis haar centimeter voor centimeter maar jij bent er niet. Het is geen spelletje, je komt niet opeens te voorschijn om me te verrassen. Het bed is leeg. Ik lig erin maar het bed is leeg.

Ik noemde de kat Hoopvol omdat hij me op de eerste dag een konijn kwam brengen, dat we met een maaltje linzen hebben opgegeten. Ik kon die dag wat aan mijn vertaling werken en toen ik terugkwam uit de wijnbar zat Hoopvol bij de deur te wachten met een gespitst oor en een zo verwachtingsvolle blik dat ik een moment, één helder moment, vergat wat ik had gedaan. De volgende dag fietste ik naar de bibliotheek, maar ik ging niet, zoals ik me had voorgenomen, naar de Russische afdeling, maar naar de medische boeken. Ik raakte in de ban van de anatomie. Als ik Louise niet uit mijn hoofd kon zetten, zou ik me geheel in haar onderdompelen. In die klinische taal bespeurde ik, achter de emotieloze kijk op de zuigende, zwetende, gulzige, zich ontlastende mens, een liefdesgedicht aan Louise. Ik zou haar blijven kennen, intiemer dan de huid, het haar en de stem waar ik naar smachtte. Ik zou haar plasma bezitten, haar gal, haar gewrichtsvocht. Ik zou haar herkennen, zelfs wanneer haar lichaam allang was uitgeteerd.

De cellen, weefsels stelsel en holten van het lichaam

DE VERMENIGVULDIGING VAN CELLEN DOOR MITOSE
VINDT PLAATS GEDURENDE HET GEHELE LEVEN VAN HET
INDIVIDU. HET TEMPO LIGT HET HOOGST IN DE JAREN
VAN GROEI. ÐAARNA WORDEN NIEUWE CELLEN GE-
VORMD OM DE AFGESTORVEN CELLEN TE VERVANGEN.
ZENUWCELLEN VORMEN EEN OPMERKELIJKE UITZONDE-
RING OP DIT PATROON. ALS ZIJ AFSTERVEN, WORDEN ZE
NIET VERVANGEN.

Op de geheime plekken van haar thymusklier creëert Louise
een cellenoverschot. Haar trouwe levensfuncties zijn op regu-
latie aangewezen maar de witte T-cellen maken amok. Ze
houden zich niet meer aan de regels. Ze zwermen uit naar de
bloedbaan en zetten de kalme orde van milt en ingewanden
op haar kop. In de lymfeklieren zwellen ze van trots. Vroeger

hadden ze tot taak vijanden van buiten het lichaam te weren. Ze vormden haar immuniteit, haar weerstand tegen infectie. Nu zijn het vijanden in de eigen gelederen. De veiligheidstroepen zijn in opstand gekomen. Louise is het slachtoffer geworden van een staatsgreep.

Vind je het goed als ik in je lichaam kruip, er de wacht houd, ze omsingel als ze je aanvallen? Waarom kan ik het blinde getij dat jouw bloed bezoedelt niet keren? Waarom is de poortader niet met een sluisdeur afgesloten? De binnenkant van je lichaam is argeloos, heeft nooit geleerd bang te zijn. Jouw slagaderkanalen vertrouwen hun lading, ze controleren niet wat het bloed vervoert. Jij zit boordevol maar de bewaker slaapt en binnen wordt een moord gepleegd. Wie komt daar aan? Ik houd mijn lantaarn omhoog. Het is enkel het bloed: rode cellen die zuurstof naar het hart vervoeren, bloedplaatjes die ervoor zorgen dat het stollen op de juiste wijze geschiedt. De witte cellen, type B en T, een paar cellen maar, die als altijd fluitend hun weg gaan.

Het trouwe lichaam heeft een fout gemaakt. Dit is geen tijdstip om de paspoorten te stempelen en zorgeloos naar de lucht te kijken. In de verte komen er nog honderden aan. Honderden te veel, tot de tanden gewapend voor werk dat niet gedaan hoeft te worden. Niet gedaan hoeft te worden? En al die wapens dan?

Daar komen ze aangestormd door de bloedbaan, op zoek naar een tegenstander. Jij bent hun enige tegenstander, Louise. Jij bent nu het vreemde lichaam.

EEN WEEFSEL, ZOALS DE BINNENKANT VAN DE MOND, IS
MET HET BLOTE OOG WAARNEEMBAAR, MAAR DE MIL-
JOENEN CELLEN WAARUIT HET BESTAAT ZIJN ZO KLEIN
DAT ZE SLECHTS MET BEHULP VAN EEN MICROSCOOP
KUNNEN WORDEN WAARGENOMEN.

Het blote oog. Hoe vaak heb ik niet met mijn wellustige blote oog van je genoten? Ik heb je zonder kleren gezien terwijl
je gebogen stond om je te wassen, de welving van je rug, de
ronding van je buik. Ik heb je lichaam onderzocht, de litte-
kens tussen je dijen gezien, het gevolg van een val in het prikkeldraad. Je ziet eruit alsof een dier je heeft gekrabd, zijn sta-
len nagels over je huid heeft gehaald en er zijn wrede eigen-
domsbewijs op heeft achtergelaten.
Mijn ogen zijn bruin, ze hebben als vlinders over je lichaam

gefladderd. Ik heb over je hele lichaam gevlogen, van de ene kant van je ivoorkust naar de andere. Ik ken de bossen waar ik kan uitrusten, me kan voeden. Ik heb je met mijn blote oog in kaart gebracht en opgeborgen waar niemand je kan zien. De miljoenen cellen waaruit je weefsels zijn opgebouwd staan in mijn netvlies gegrift. Tijdens nachtvluchten weet ik precies waar ik ben. Jouw lichaam is mijn landingsbaan.

De binnenkant van je mond ken ik door tong en spuug. De bergkammen, valleien, het dak van golfplaten, het bastion van het gebit. De glanzende gladheid van de binnenkant van je bovenlip wordt onderbroken door een ruwe krul op de plek waar je een keer gewond bent geraakt. Het weefsel van de mond en de anus geneest sneller dan andere weefsels, maar er blijven tekens op achter voor wie de moeite neemt om te kijken. Ik neem de moeite om te kijken. In jouw mond ligt een verhaal opgesloten. Een verongelukte auto en een verbrijzelde voorruit. De enige getuige is het litteken, grillig als het litteken van een duel waarin de hechtingen nog zichtbaar zijn.

Mijn blote oog telt je tanden en kiezen, inclusief de vullingen. De snijtanden, hoektanden, de molaren en premolaren. Tweeëndertig in totaal. Eenendertig in jouw geval. Na het vrijen scheur je je voedsel als een tijger aan stukken en laat je je mond overlopen van het vet. Soms bijt je mij en laat oppervlakkige wonden achter in mijn schouders. Wil je me net zo gestreept hebben als je zelf bent? Ik draag de wonden als een ereteken. De afdrukken van je tanden zijn goed te zien onder mijn overhemd, maar de L die aan mijn binnenkant getatoeëerd is, is niet zichtbaar voor het blote oog.

OM DE BESCHRIJVING TE VERGEMAKKELIJKEN WORDT
HET MENSELIJK LICHAAM VERDEELD IN HOLTEN. DE
SCHEDELHOLTE BEVAT DE HERSENEN. ZIJ WORDT BE-
GRENSD DOOR DE SCHEDELBEENDEREN.

Laat me in je doordringen. Ik ben de archeoloog die graven
blootlegt. Ik zou mijn leven willen wijden aan het markeren
van jouw gangen, de in- en uitgangen van dat indrukwek-
kende mausoleum: jouw lichaam. Hoe nauw en verborgen
zijn de kokers en schachten van gezondheid en jeugd. Een
wriemelende vinger komt ternauwernood de ingang van een
voorkamer op het spoor, laat staan dat hij kan doorstoten
naar de ruime, waterige zalen waarin baarmoeder, ingewanden en hersenen schuilgaan.

Bij oude en zieke mensen sperren de neusgaten zich open

en veranderen de oogkassen in diepe, smekende poelen. De mond verslapt, de tanden vallen uit de eerste verdedigingslinie. Zelfs de oren worden groot als trompetten. Het lichaam maakt plaats voor de wormen.

Wanneer ik je balsem in mijn herinnering zal ik om te beginnen je hersenen door de meegevende openingen naar buiten trekken. Nu ik je kwijt ben kan ik niet toestaan dat je je ontwikkelt, je moet een foto zijn, geen gedicht. Je moet van het leven worden ontdaan zoals ik van het leven ben ontdaan. We zullen samen neerdalen, jij en ik, neerdalen in de donkere leegte waar vroeger de vitale organen zetelden.

Je hoofd heb ik altijd bewonderd. Het krachtige front van het voorhoofd en de lange kruin. Je schedel is ietwat bol aan de achterkant en wijkt scherp naar binnen boven de nek. Als een alpinist heb ik me onbevreesd van je hoofd omlaag laten zakken. Ik heb je hoofd in mijn handen gehouden, het vastgepakt, de weerstand kalm gebroken, en mijn verlangen onderdrukt om tot je onderhuidse kern door te dringen. In die holte besta je. Daar wordt de wereld gemaakt en gedetermineerd volgens jouw allesverslindende taxonomie. Het is een vreemde combinatie van sterfelijkheid en hoogmoed, het alziende, alwetende brein, zovele situaties meester, in staat tot trucs en kunststukjes. Lepelbuigen en hogere wiskunde. De stevig omsloten ruimte verbergt het kwetsbare ik.

Ik kan je niet binnengaan in kleren waarop de vlekken niet te zien zullen zijn, mijn handen vol instrumenten om te registreren en te analyseren. Als ik bij je kom met een zaklantaarn en een notitieboekje, een medisch diagram en een doek om de rotzooi op te dweilen, zal ik je keurig netjes in een zak laten stoppen. Ik zal je bewaren in plastic als een maaltje kippenlevers. Baarmoeder, darmen, hersenen, keurig van kaartjes voorzien en teruggeplaatst. Is dat de manier om een ander mens te leren kennen?

Ik weet hoe je haar uit zijn wrong tuimelt en je schouders met licht bedekt. Ik ken het calcium van je jukbeenderen. Ik ken het wapen van je kaak. Ik heb je hoofd in mijn handen gehouden maar ik heb jou nooit vastgehouden. Niet jou in je ruimten, geest, elektronen van het leven.

'Verken me,' zei je en ik pakte mijn touwen, veldflessen en kaarten in de verwachting gauw weer thuis te zijn. Ik viel in jouw massa en ik kan de uitgang niet vinden. Soms denk ik dat ik vrij ben, opgehoest als Jonas uit de walvis, maar dan sla ik de hoek om en herken mezelf weer. Mezelf in jouw huid, huizend in jouw botten, zwevend in de holten die de muur van elke chirurg sieren. Zo ken ik jou. Jij bent wat ik ken.

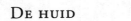

De huid

DE HUID IS OPGEBOUWD UIT TWEE HOOFDBESTANDDE-
LEN: DE DERMIS EN DE EPIDERMIS.

Wat een vreemde gedachte dat het stuk van jou dat ik het
beste ken al dood is. De cellen op je huidoppervlak zijn dun
en plat, zonder bloedvaten en zenuweinden. Dode cellen, het
dikst op je handpalmen en je voetzolen. Jouw graflichaam,
mij aangeboden in de verleden tijd, beschermt je zachte binnenkant tegen indringers uit de buitenwereld. Ik ben zo'n in-
dringer, ik streel je met necrofiele bezetenheid, ik houd van
de schulp die voor mij ligt opgebaard.

De dode jij wordt voortdurend afgeschuurd door de dode
ik. Jouw cellen vallen en bladderen af, voer voor stofmijten
en weegluizen. Jouw afval onderhoudt hele kolonies beestjes
die grazen op de huid en de haren die niet langer gewenst

zijn. Je voelt er niets van. Hoe zou je iets kunnen voelen? Al je gevoel komt van dieper, uit het levende gebied waar de dermis zich verjongt en een nieuwe hoornlaag aanmaakt. Je bent een ridder in een glanzend harnas.

Red mij. Til me op, laat me je vasthouden, de armen om je middel, het hoofd knikkend tegen je rug. Je geur sust me in slaap, ik kan me begraven in het warme ganzendons van je lichaam. Je huid proeft ziltig en naar iets van citroen. Als ik met mijn tong een lange natte streep over je borsten trek, voel ik de minuscule haartjes, het rimpelen van de tepelhof, de kegelvorm van je tepel. Je borsten zijn bijenkorven die honing schenken.

Ik ben een dier dat uit jouw hand eet. Ik zou de schildknaap willen zijn die je onberispelijk terzijde staat. Rust maar uit, laat me je laarzen losmaken, je voeten masseren op de plekken waar de huid eeltig is en pijn doet. Ik vind niets aan jou weerzinwekkend, noch je zweet, noch je vuil, noch je ziekte en haar doffe kentekenen. Leg je voet in mijn schoot, dan zal ik je nagels knippen en de gespannenheid van een lange dag verzachten. Het heeft me een lange dag gekost om jou te vinden. Je zit onder de blauwe plekken. Opengebarsten vijgen zijn het gekneusde paars van je huid.

Een lichaam dat aan leukemie lijdt doet snel pijn. Ik kan nu niet ruw met je omgaan, je laten schreeuwen van genot dat grenst aan pijn. We hebben elkaar blauwe plekken bezorgd, de haarvaten vol bloed kapotgedrukt. Buisjes dun als een haar tussen aders en slagaders, de vertakte bloedvaten die het verlangen van het lichaam schrijven. Je bloosde altijd van begeerte. Dat was op momenten dat we de situatie in de hand hadden, onze lichamen de samenzweerders van ons genot.

Mijn zenuweinden werden gevoelig voor minieme veranderingen in je huidtemperatuur. Ik liet die primitieve tweedeling, warm of koud, achter me en probeerde het precieze moment te bepalen waarop je huid dikker werd. Het begin van de hartstocht, warmte die naar buiten stroomt, een verheviging, versnelling van de hartslag. Ik wist dat je bloedvaten opzwollen en je poriën zich openden. De fysiologische effecten van seksuele opwinding zijn gemakkelijk te herkennen. Soms niesde je vier of vijf keer als een kat. Het is zo gewoon, het gebeurt miljoenen keren per dag, overal ter wereld. Een alledaags wonder, jouw lichaam dat onder mijn handen verandert. Maar hoe moet ik geloven in deze voor de hand liggende verrassing? Hoe opmerkelijk, hoe onwaarschijnlijk dat jij mij begeert.

Ik teer op mijn herinneringen als iemand die heeft afgedaan. Ik zit de laatste tijd vaak in deze stoel bij de haard, mijn hand op de kat, en ik praat hardop, een bazelende gek. Een medisch handboek ligt opengevallen op de vloer. Voor mij is het een boek met bezweringsformules. Huid, zegt het. Huid.

Jij was melkwit, een frisse drank. Zal je huid verkleuren, de glans dof worden? Zullen je hals en je milt opzwellen? Zullen de scherpe omtrekken van je maag uitdijen onder een onvruchtbare last? Misschien is dat de toekomst, en de tekening die ik in mijn hoofd van je bewaar zal dan een povere reproductie worden. Misschien is dat de toekomst, maar als jij kapotgaat, dan ik ook.

HET SKELET

DE CLAVICULA OF HET SLEUTELBEEN: DE CLAVICULA IS EEN LANGWERPIG, DUBBEL GEBOGEN BOT. DE SCHACHT VAN HET BOT HEEFT EEN RUW OPPERVLAK, ZODAT DE SPIEREN ZICH KUNNEN AANHECHTEN. DE CLAVICULA IS HET ENIGE BOT DAT EEN VERBINDING VORMT TUSSEN DE BOVENSTE LEDEMATEN EN HET AXIALE SKELET.

Ik kan die dubbele welving, soepel en vloeiend van beweging, niet vergelijken met een benige bergkam; ik vergelijk haar met het muziekinstrument waarvan de naam dezelfde wortel heeft. Clavis. Sleutel. Clavichord. Het eerste snaarinstrument met toetsen. Jouw sleutelbeen is zowel klavier als sleutel. Als ik mijn vingers in de holten achter het bot duw vind ik je als een zacht schelpdier. Ik vind de openingen tussen de oorsprong van de spieren waar ik mezelf in de snaren

153

van je hals kan drukken. Het bot loopt in volmaakte verhouding tot de rest van het lichaam van borstbeen naar schouderblad. Het voelt aan alsof het op een draaibank is gemaakt. Waarom zou een bot sierlijk moeten zijn?

Je draagt een jurk met een decolleté om je borsten beter te doen uitkomen. Ik vermoed dat het gootje ertussen het ware brandpunt is, maar ik wilde mijn duim en wijsvinger tegen de grendels van je sleutelbeen leggen en daarna duwen, het web van mijn hand spreiden tot het zich sloot om je keel. Je vroeg of ik je wilde wurgen. Nee, ik wilde je passen, niet enkel op de voor de hand liggende manier maar in alle nissen en uitsparingen.

Het was een spel, bot in bot passen. Ik dacht altijd dat verschillen het belangrijkste aspect van de seksuele aantrekkelijkheid vormden, maar wij hebben zoveel dingen die hetzelfde zijn.

Bot van mijn bot. Vlees van mijn vlees. Om me jou te herinneren betast ik mijn eigen lichaam. Zo was ze, hier en hier. Het lichamelijke geheugen strompelt door de deuren die de geest op slot had willen doen. Een benen sleutel tot Blauwbaards torenkamer. De bloederige sleutel die de pijn ontsluit. Het verstand zegt: vergeet het; het lichaam huilt. De grendels van je sleutelbeen openen me, wissen me uit. Zo was ze, hier en hier.

DE SCAPULA OF HET SCHOUDERBLAD: DE SCAPULA IS
EEN PLAT, DRIEHOEKIG BEENSTUK DAT AAN DE ACHTER-
KANT BOVEN DE RIBBEN LIGT EN ER DOOR SPIERWEEF-
SEL VAN WORDT GESCHEIDEN.

Je schouderbladen zijn afgeschermd als de bladen van een
ventilator; niemand vermoedt dat het vleugels zijn. Terwijl je
op je buik lag kneedde ik de harde randen van je vlucht. Je
bent een gevallen engel, maar nog steeds een engel: lichaam
licht als een libel, met reusachtige gouden vleugels die de zon
doormidden snijden.

Als ik niet oppas, snijd je mij ook. Als ik mijn hand te
achteloos langs de scherpe kant van je schouderblad laat
glijden houd ik er een bloedende handpalm aan over. Ik
ken de stigmata van de arrogantie. De wond die niet ge-

neest als ik te weinig rekening met je houd.

Nagel me aan je vast. Ik zal je berijden als een nachtmerrie. Jij bent het gevleugde paard Pegasus dat zich niet liet zadelen. Span je lichaam onder mij. Ik wil het buigen en strekken van je spierbundels zien. Zulke onschuldige driehoeken waarin zoveel verborgen energie huist. Steiger niet, werp me niet af met je ontluikende kracht. Ik ben bang voor je in ons bed als ik mijn hand uitsteek om je aan te raken en de twee scheermessen voel die naar mij toe gekeerd zijn. Je slaapt met je rug naar me toe zodat ik je van alle kanten leer kennen. Het is voldoende.

HET GEZICHT: HET SKELET VAN HET GEZICHT BESTAAT UIT DERTIEN BEENDEREN. VOOR DE VOLLEDIGHEID MOET HIERAAN HET VOORHOOFDSBEEN NOG WORDEN TOEGEVOEGD.

Van de beelden die tijdens waken en slapen tot me komen is jouw gezicht het hardnekkigst. Je gezicht, spiegelglad en spiegelhelder. Je gezicht onder de maan, verzilverd met koele weerkaatsing, je mysterieuze gezicht, dat mij onthult.

Ik hakte je gezicht uit het ijs op de vijver waarin het vastgevroren zat, je gezicht groter dan mijn lichaam, je mond vol water. Ik drukte je tegen mijn borst op die sneeuwdag, je contouren scherp in mijn jasje. Toen ik mijn lippen tegen je bevroren wang drukte, brandde ik me. De huid scheurde open bij mijn mondhoek, mijn mond vulde zich met bloed.

Hoe steviger ik je tegen me aan drukte, hoe sneller je wegsmolt. Ik omarmde je zoals de Dood je zal omarmen. De Dood die het zware gordijn van de huid langzaam naar beneden trekt om de benen kooi erachter te onthullen.

De huid verslapt, vergeelt als kalksteen, als kalksteen uitgesleten door de tijd, toont het marmerpatroon van adertjes. Het bleek doorschijnende wordt hard en koud. De botten zelf vergelen tot slagtanden.

Je gezicht doorboort me. Ik word gespietst. De gaten vul ik op met flinters hoop maar de hoop geneest me niet. Moet ik mijn ogen vullen met vergeetachtigheid, ogen die mager zijn geworden van het kijken? Voorhoofdsbeen, verhemeltebeenderen, neusbeenderen, traanbeenderen, jukbeenderen, bovenkaak, ploegschaarbeen, oorschelpen, onderkaak.

Dat zijn mijn schilden, dat zijn mijn dekens, die woorden doen me niet aan jouw gezicht denken.

De zintuigen

DE GEHOORZIN EN HET OOR: HET UITWENDIGE OOR IS
DE UITSTULPING AAN DE ZIJKANT VAN HET HOOFD. HET
BESTAAT UIT VEZELELASTISCH KRAAKBEEN BEDEKT MET
HUID EN FIJNE HAARTJES. HET IS IN HOGE MATE GERIB-
BELD. DE GEKRULDE BUITENRAND STAAT BEKEND ALS
DE HELIX. DE OORLEL IS HET ZACHTE, BUIGZAME DEEL
AAN DE ONDERZIJDE VAN HET OOR.

Geluidsgolven planten zich voort met een snelheid van circa
335 meter per seconde. Dat is ongeveer een derde deel van een
kilometer en Louise is zo'n driehonderd kilometer hier van-
daan. Als ik nu roep, hoort ze me over een kwartier of daar-
omtrent. Ik moet een foutenmarge aanhouden voor onvoor-
ziene omstandigheden. Misschien zwemt ze onder water.

Ik roep Louise vanaf mijn stoepje omdat ik weet dat ze me

niet kan horen. In de velden roep ik mijn weeklacht tegen de maan. Dieren in de dierentuin doen hetzelfde in de hoop dat een soortgenoot terugroept. Geen plek zo triest als 's nachts een dierentuin. Achter de tralies, even verlost van vivisectie bedrijvende ogen, slaken de dieren hun kreet, soort bij soort, en ze kennen instinctief hun plaats in de natuur. Ze zouden roofdier en prooi verkiezen boven deze onnatuurlijke veiligheid. Hun oren, krachtiger dan die van hun oppassers, vangen geluiden op van auto's en afhaalrestaurants tegen sluitingstijd. Ze horen alle geluiden van menselijke nood. Wat ze niet horen is het geroezemoes in het kreupelhout en het knetteren van vuur. De geluiden van prooidieren. Korte kreten, boven het razen van de rivier uit. Ze spitsen hun oren tot het scherpe punten zijn, maar de geluiden die ze zoeken zijn te ver weg.

Ik wou dat ik je stem weer kon horen.

DE NEUS: DE REUKZIN IS BIJ DE MENS OVER HET ALGE-
MEEN MINDER GOED ONTWIKKELD DAN BIJ ANDERE
DIEREN.

De lichaamsgeuren van mijn liefste hangen nog altijd in mijn neusgaten. De gistlucht van haar geslachtsorganen. De zware bijgeur van rijzend brood. Mijn liefste is een keuken waar patrijs wordt klaargemaakt. Ik zal haar naar wild ruikende, lage leger bezoeken en me aan haar te goed doen. Na drie dagen niet wassen zijn haar borsten vol en is ze in een rocs. Haar rokken staan wijduit, haar geur is een hoepel rond haar dijen.

Vanaf de voordeur begint mijn neus te trillen, ik ruik haar als ze door de gang naar me toe komt. Ze maakt een geur van sandelhout en hop. Ik wil haar ontkurken. Ik wil mijn hoofd tegen de open muur van haar lendenen drukken. Ze is rijp en stevig, een donker mengsel van geurig stro en Madonna van de Wierook. Ze is olibanum en mirre, de bittere, verwante geuren van dood en geloof.

Als ze bloedt veranderen de geuren die ik ken van kleur. Op die dagen zit er ijzer in haar ziel. Ze ruikt als een vuurwapen.

Mijn liefste is gespannen en schietklaar. Ze draagt de geur van haar prooi op haar lichaam. Ze verzwelgt me als ze klaarkomt in ijle witte rook die naar salpeter ruikt. Uitgeput tegen haar aan liggend verlang ik enkel nog naar de laatste wolkjes van haar begeerte die van haar onderlichaam wegdrijven in de richting van wat medici de reukzenuwen believen te noemen.

DE SMAAKZIN: ER ZIJN VIER FUNDAMENTELE SMAAKGE-
WAARWORDINGEN: ZOET ZUUR BITTER EN ZOUT.

Mijn liefste is een olijfboom waarvan de wortels tot de zee reiken. Haar vrucht is puntig en groen. Ik schep er behagen in tot haar pit door te dringen. Haar kleine pit, hard aan de tong. Haar vlezige, zoutdooraderde, omhulde pit.

Wie eet een olijf zonder eerst het omhulsel door te bijten? Het lang verbeide moment waarop de tanden een krachtige straal helder sap lanceren, sap dat het gewicht van het land in zich draagt, de wisselvalligheden van het weer, zelfs de voornaam van de gardenier.

De zon is in je mond. Het barsten van een olijf is het breken van een lichte lucht. De hete dagen als het gaat regenen. Eet de dag waar het zand je voetzolen verbrandde voordat het onweer je huid in belletjes regen naar boven bracht.

Ons privébos is met vruchten beladen. Ik zal in je doordringen tot de pit, de ruwe, omhulde pit.

HET OOG: HET OOG BEVINDT ZICH IN DE OOGKAS. HET
IS BIJNA BOLVORMIG EN HEEFT EEN DOORSNEDE VAN
ONGEVEER DRIE CENTIMETER.

Licht plant zich voort met een snelheid van 300.000 kilometer per seconde. Licht wordt naar de ogen gekaatst door alles
wat in het gezichtsveld komt.

Ik zie kleur wanneer licht van een bepaalde golflengte door
een voorwerp wordt teruggekaatst en alle andere golflengten
worden geabsorbeerd.

Elke kleur heeft haar eigen golflengte; die van rood is het
langst.

Komt het daardoor dat ik overal rood meen te zien? Ik leef
in een rode luchtbel, bestaande uit Louises haar. Het is het
seizoen van de zonsondergang maar het is niet de vallende

schijf van licht die me in de schaduwen van de tuin houdt.

Het is de kleur waar ik naar hunker, vloedgolven van jou die langs de randen van de lucht op de bruine aarde op de grijze steen stromen. Op mij.

Soms loop ik in de armen van de zonsondergang, gespreid als die van een vogelverschrikker, en denk ik dat ik van de rand van de wereld in de gloeiende oven kan springen en kan verbranden in jou.

Ik zou mijn lichaam willen hullen in de vurige strepen van de bloeddoorlopen lucht.

Alle andere kleuren worden geabsorbeerd. De donkere schakeringen van de dag dringen nooit tot mijn verduisterde schedel door.

Ik woon als een kluizenaar tussen vier lege muren. Jij was een feestelijk verlichte kamer en ik heb de deur dichtgedaan. Jij was een veelkleurig pronkgewaad dat door het slijk werd gehaald.

Zie je me in mijn van bloed doortrokken wereld? Groen-ogig meisje, ogen ver uit elkaar als amandelen, kom in tongen van vuur en geef me mijn gezichtsvermogen terug.

Maart. Elgin had beloofd me in maart te zullen schrijven. Ik telde de dagen als iemand onder huisarrest. Het was bitter koud en de bossen stonden vol met wilde witte narcissen. Ik probeerde troost te putten uit de bloemen, uit het gestaag ontluiken van de bomen. Dit was nieuw leven, daar zou ik toch zeker ook mijn deel van krijgen?

De wijnbar, ook wel 'A Touch of Southern Comfort' genoemd, organiseerde een lentefeest om de klanten terug te winnen wier banksaldo nog steeds niet was hersteld van het kerstfeest. Voor ons, het personeel, betekende het dat we ons moesten uitdossen in een kostuum bestaande uit een lichtgroene bodystocking en een eenvoudige kroon van imitatiekrokussen. De drankjes waren geïnspireerd op de lente: punch à la maartse haas, wildehavergrog, pimpelmees. Het maakte niet uit wat je bestelde, de ingrediënten waren hetzelfde op de basisdrank na. Ik mixte goedkope kookcognac, Japanse whisky, iets dat zichzelf 'gin' noemde en af en toe wat smerige sherry met sap van sinaasappelpulp, dunne room, klontjes witte suiker en diverse kleurstoffen. Bijgevuld met sodawater, voor de spotprijs van vijf pond per paar (we bedienden alleen paren in de Southern Comfort) tijdens het borreluurtje.

De directie liet een maartse pianist komen en gaf hem opdracht om op zijn dooie akkertje een bundel liedjes van Simon & Garfunkel door te werken. Om de een of andere reden bleef hij als een autist steken bij 'Bridge Over Troubled Water'.

Steeds als ik om vijf uur op mijn werk verscheen, voer het zilveren meisje voorbij op woorden aangeleverd door een huilerig publiek van reeds aangeschoten klanten. Op de weelderige akkoorden en gekwelde trillers van onze gasten sprongen wij lentegroenen van tafel naar tafel en dropten er pakketjes pizza en kruikjes troost. Ik begon mijn medemens te verachten.

Nog steeds geen bericht van Elgin. Harder werken, meer cocktails mixen, lang opblijven, niet slapen, niet denken. Ik had aan de drank kunnen raken als er iets fatsoenlijks te drinken was geweest.

'Ik wil wel eens zien waar je woont.'

Ik stond achter de bar en schudde met sombere blik een cocktailshaker met dodelijke inhoud toen Gail Right me duidelijk maakte dat ze met me mee naar huis ging. Om twee uur 's nachts, toen de laatste nachtvogels uit hun benevelde nest waren gekieperd, sloot ze de zaak af en deponeerde mijn fiets in de kofferbak van haar auto. Ze had een bandje van Tammy Wynette in de cassette.

'Je bent heel terughoudend,' zei ze. 'Dat mag ik wel. Dat maak ik niet vaak mee in de zaak.'

'Waarom heb je die tent eigenlijk?'

'Ik moet toch iets doen om de kost te verdienen? Ik kan mijn droomprins wel vergeten op mijn leeftijd.' Ze lachte. 'Of met mijn smaak.'

Stand by your man, zei Tammy, blijf je man trouw en laat zien dat je van hem houdt.

'Ik was van plan om van de zomer een country & western-feest te organiseren, wat vind je daarvan?' Gail reed te snel door de bochten.

'Wat voor kleren moeten we dan aan?'

Ze lachte opnieuw, wat scheller nu. 'Vind je je bodystockinkje niet mooi? Staat je betoverend.' Ze sprak dat woord uit met een langgerekte 'O' zodat het niet klonk als een compliment maar als de kloof die tussen ons gaapte.

'Heel aardig van je om me naar huis te brengen. Ik kan je wat aanbieden, als je wilt.'

'Grááág,' zei ze. 'Grááág.'

We stapten uit onder de bevroren hemel. Ik maakte mijn deur met bevroren vingers open en noodde haar binnen met een bevroren hart.

'Wat is het hier lekker warm,' zei ze terwijl ze zich behaaglijk voor de haard nestelde. Ze had een gigantisch achterwerk. Het deed me denken aan een korte broek die een vriendje van me een keer droeg, met de tekst NIET INHALEN. VLEESTRANSPORT. Ze wiebelde en gooide een sierbeker om.

'Geeft niet,' zei ik. 'Hij was toch te breed voor de haard.'

Ze liet zich in de schuddende fauteuil zakken en accepteerde de warme chocola die ik haar aanbood met een toespeling op Casanova. Ik heb dat altijd als een verhaal voor ingewijden beschouwd.

'Het is niet waar,' zei ik. 'Chocola is een fantastisch kalmerend middel.' Dat is ook niet waar, maar ik dacht dat Gail Right wel gevoelig was voor een kleine overwinning van de geest op de materie. Ik gaapte opvallend.

'Drukke dag geweest,' zei ze. 'Drukke dag geweest. Daardoor ga ik aan andere dingen denken. Donkere, opwindende dingen.'

Ik dacht aan stroop. Hoe zou het zijn om in Gail Rights vleesmassa's te verzuipen?

Ik heb vroeger een vriendje gehad, hij heette Carlo. Een donkere, opwindende jongen. Hij liet me al mijn lichaamsbeharing afscheren en deed het ook bij zichzelf. Hij beweerde dat je huid er gevoeliger door werd, maar ik voelde me als iemand die opgesloten zat in een bijenkorf. Ik wilde het hem naar de zin maken, hij rook naar sparappels en port, zijn lange lichaam vochtig van hartstocht. We bleven een halfjaar bij elkaar en toen ontmoette Carlo Robert, die langer, breder en slanker was dan ik. Ze wisselden hun scheermesjes uit en sneden mij de pas af.

'Je zit te dromen. Waar denk je aan?' vroeg Gail.

'Aan een oude liefde.'

'Jij valt op oud, hè? Dat kan geen kwaad. Let wel, ik ben niet zo oud als ik eruitzie als je eenmaal bij de stoffering bent aangeland.'

Ze gaf een geweldige dreun op de fauteuil en een stofwolk daalde neer op haar uitgebluste make-up.

'Laat ik het je nu maar vertellen, Gail. Er is een ander.'

'Er is altijd een ander,' zei ze met een zucht en staarde in de donkere klonten van haar chocola als een waarzegster die zich concentreerde op haar glazen bol. 'Lang, donker en knap?'

'Lang, rood en beeldschoon.'

'Vertel me dan tenminste een verhaaltje voor het slapen gaan,' zei Gail. 'Hoe ziet ze eruit?'

Louise, tweevleugelige vrouw, geboren in vlammen, 35. 86 56 91. 10 jaar getrouwd. 5 maanden bij mij. Doctoraat in de kunstgeschiedenis. Superverstand. 1 miskraam (of 2?). 0 kinderen. 2 armen, 2 benen, te veel witte T-cellen. Nog 97 maanden te leven.

'Niet huilen,' zei Gail en ze ging op haar knieën voor mijn stoel zitten, haar mollige, geringde hand op mijn magere, ringloze handen. 'Niet huilen. Je hebt de juiste beslissing genomen. Ze zou gestorven zijn, hoe had je jezelf dat ooit kunnen vergeven? Je hebt haar een kans gegeven.'

'Het is ongeneeslijk.'

'Haar dokter denkt daar anders over. En ze kan haar dokter toch vertrouwen?'

Ik had Gail niet alles verteld.

Ze raakte heel zacht mijn gezicht aan. 'Jij wordt weer gelukkig. We zouden samen gelukkig kunnen worden, denk je niet?'

Zes uur in de ochtend en ik lag in mijn doorbuigende gehuurde tweepersoonsbed. Naast me lag Gail Right, zodat de springveren bijna de grond raakten. Ze rook naar gezichts-poeder en houtrot. Ze snurkte zwaar en zou dat nog wel even blijven doen, zodat ik maar opstond, haar auto leende en naar de telefooncel reed.

We hadden niet gevrijd. Ik had mijn handen over haar op-gezette vlees laten dwalen met het enthousiasme van een handelaar in tweedehands canapés. Ze had mijn hoofd ge-streeld en was in slaap gevallen, wat heel verstandig was, want mijn lichaam was zo gevoelig als een duikerpak.

Ik deed het geld in de gleuf en luisterde naar de pieptonen terwijl mijn adem de ruiten van de kale cel deed beslaan.

Mijn hart ging wild tekeer. Iemand nam op, slaperig, chagrij-nig.

'HALLO? HALLO?'

'Hallo Elgin.'

'Hoe laat denk je dat het is?'

'Vroeg in de ochtend na mijn zoveelste slapeloze nacht.'

'Wat wil je?'

'Dat je onze afspraak nakomt. Hoe gaat het met haar?'

'Louise is in Zwitserland. Ze is erg ziek geweest maar het gaat nu een stuk beter. We hebben goede resultaten geboekt. Ze komt voorlopig niet terug naar Engeland, misschien wel nooit meer. Je mag haar niet komen opzoeken.'

'Ik wil haar helemaal niet opzoeken.' (LEUGENAAR DIE JE BENT.)

'Dat komt dan goed uit, want ze wil jou niet ontvangen.'

De verbinding werd verbroken. Ik hield de hoorn nog een poosje in mijn hand, staarde er wezenloos naar. Het ging goed met Louise, dat was het enige wat telde.

Ik stapte in de auto en legde de verlaten kilometers naar huis af. Zondagochtend en geen mens te zien. De gordijnen van de bovenkamers zaten potdicht, de huizen sliepen nog. Een vos stak de weg over met een slaphangende kip in zijn bek. Ik moest wat aan Gail doen.

Thuis waren er maar twee geluiden: het metalen getik van de klok en Gails gesnurk. Ik sloot de deur op de overloop en bleef alleen achter met de klok. Heel vroeg in de ochtend hebben de uren een ander karakter, ze strekken de leden en wekken verwachtingen. Ik pakte mijn boeken en probeerde te werken. Russisch is de enige taal die ik goed beheers, wat een voordeel is omdat er geen drommen collega's zijn die op dezelfde opdracht azen. De francofielen hebben het zwaar: allemaal willen ze op een Parijs terras de nieuwe Proust-editie vertalen. Ik niet. Ik dacht vroeger dat een tour de force een schoolreisje was.

'Idioot,' zei Louise terwijl ze me een zachte draai om de oren gaf.

Ze stond op en kwam even later terug met een kan verse koffie die naar plantages en zon rook. De geurige damp verwarmde onze gezichten en deed mijn brillenglazen beslaan. Ze tekende een hartje op elk glas. 'Om ervoor te zorgen dat je alleen mij ziet,' zei ze. Haar haar vermiljoenrood, haar lichaam de verzamelde schatten van Egypte. Zo'n vondst als jij doe ik nooit meer, Louise. Na jou zie ik niemand meer.

Ik werkte tot de klok twaalf sloeg en er een vreselijk gestommel uit de slaapkamer kwam. Gail Right was wakker.

Ik liep snel naar de ketel, want ik voelde al dat er iets te sussen viel. Zou een kom thee me beschermen? Ik stak mijn hand uit naar de Earl Grey en koos de Empire Blend. De meest compromisloze thee die er is. De gigant onder de theeën. Een thee met zo veel looizuur dat ontwerpers hem als kleurstof gebruiken.

Ze was in de badkamer. Ik hoorde het geschok en getril van de waterleiding en daarna de aanval op het email. De boiler moest met tegenzin elke druppel heet water afstaan, hij piepte tot het bittere eind en kwam toen met een vreselijk gerammel tot stilstand. Ik hoopte maar dat ze het bezinksel niet had verstoord.

'Pas op dat je het bezinksel niet verstoort,' had de boer gezegd toen hij me het huis liet zien. Hij zei het alsof het bezinksel een angstaanjagend monster was dat onder het hete water leefde.

'En als ik het toch doe?'

Hij schudde somber het hoofd. 'Kan ik niet zeggen.'

Hij bedoelde natuurlijk dat hij het niet wist, maar was het echt nodig om het te laten klinken als een oeroude vloek?

Ik bracht Gail haar thee en klopte op de deur.

'Niet zo verlegen,' riep ze.

Ik wrikte de klemmende deur open en zette de thee met een klap op de rand van het bad. Het water was bruin. Gail zat onder de strepen. Ze leek op een stuk doorregen spek. Haar ogen waren klein en rood van de voorbije nacht. Haar haar was sprieterig als een pak stro. Ik huiverde.

'Koud hè?' zei ze. 'Wil je mijn rug even boenen, schat?'

'Ik moet wat hout op het vuur gooien, Gail. Ik wil niet dat je het koud krijgt.'

Ik vluchtte de trap af en gooide inderdaad wat hout in de haard. Ik had het hele huis wel willen opstoken, om vervolgens te vertrekken terwijl Gail levend werd geroosterd. Dat is niet netjes, hield ik mezelf voor. Waarom heb je zo'n hekel aan een vrouw met als enige tekortkoming dat ze je aardig vindt en als enige opmerkelijke eigenschap dat ze alle proporties te buiten gaat?

Boem, Boem, Boem, Boem, Boem, Boem, Boem. Gail Right was beneden. Ik kwam overeind en forceerde een vluchtige glimlach.

'Hallo schat,' zei ze en ze gaf me een luide klapzoen. 'Heb je wat spek om uit te bakken?'

Terwijl Gail zich een weg baande door het overschot van Dikke Bertha, het varken dat de boer elk jaar liet slachten, vertelde ze me dat ze mijn werktijden in de wijnbar zou veranderen zodat we met elkaar konden werken. 'En ik ga je ook meer betalen.' Ze likte het vet van haar onderlip en van haar arm, waar een paar druppels op waren gelekt.

'Liever niet. Ik vind alles prima zoals het nu is.'

'Je bent uit je gewone doen. Probeer het eens op mijn manier.' Ze wierp me wellustige blikken toe boven de broodkorsten van het ontbijt. 'Vond je het vannacht niet fijn om gezelschap te hebben? Je kwam handen te kort.'

Haar eigen handen propten Bertha tussen haar kaken alsof ze bang was dat het varken er geen been in zag om alsnog op de loop te gaan. Ze had het spek zelf gebakken en daarna het brood in het vet gedoopt voordat ze de helften van de boterham op elkaar legde. Haar nagels waren niet helemaal vrij van rode lak en een deel ervan was op het brood terechtgekomen.

'Ik ben dol op een boterham met spek,' zei ze. 'Zoals je me aanraakte. Zo licht en behendig, speel je soms piano?'

'Ja,' zei ik met een onnatuurlijk hoge stem. 'Wil je me even excuseren?'

Ik was een fractie eerder bij de wc dan mijn braaksel. Op je knieën, bril omhoog, hoofd omlaag, en dan de closetpot pleisteren met havermoutpap. Ik veegde mijn mond af en spoelde met water om het brandende gevoel achter in mijn keel kwijt te raken. Als Louise chemotherapie kreeg, onderging ze dit misschien wel elke morgen. En ik was niet bij haar. 'Maar daar gaat het juist om, daar gaat het juist om,' zei ik tegen mezelf in de spiegel. 'Die weg hoeft ze niet te gaan zolang ze bij Elgin is.'

'Hoe weet jij dat nou?' zei de schelle, twijfelende stem waar ik zo benauwd voor was geworden.

Ik sloop terug naar de zitkamer en nam een slok whisky uit de fles. Gail maakte zich op in een zakspiegeltje. 'Je bent toch niet aan de drank, hoop ik?' zei ze met een schuine blik van onder haar eyeliner.

'Ik voel me niet lekker.'

'Je krijgt niet genoeg slaap, dat is jouw probleem. Ik hoorde je weggaan om zes uur vanmorgen. Waar ben je geweest?'

'Ik moest iemand bellen.'

Gail legde haar mascarastift neer. Er stond stift op de huls maar hij had meer weg van een veeprikker.

'Je moet haar vergeten.'

'Dan kan ik net zo goed mezelf vergeten.'

'Wat zullen we vandaag eens gaan doen?'

'Ik moet werken.'

Gail keek me even aan en stopte toen haar spullen in haar

toilettas van vinyl. 'Je ziet niks in me, hè schat?'

'Het is niet dat ik je...'

'Ik weet het, je vindt me een dikke ouwe slet die alleen maar trek heeft in een stuk stevig, sappig vlees. Nou, je hebt gelijk, hoor. Maar ik zou er wel wat tegenover stellen. Ik zou voor je zorgen en een goede vriendin voor je zijn en erop letten dat je niets te kort komt. Ik ben geen parasiet, ik ben geen hoer. Ik ben een gezellige meid met een lichaam dat betere tijden heeft gekend. Zal ik je eens wat vertellen, schat? je knappe uiterlijk verdwijnt veel sneller dan je zin in vrijen. Dat is een wreed maar onontkoombaar feit. Je hebt nog net zo veel zin als vroeger. En dat is moeilijk, maar ik heb nog wel wat te bieden. Ik kom niet met lege handen.'

Ze stond op en pakte haar sleutels. 'Denk er nog eens over na. Je weet me te vinden.'

Ik zag haar wegrijden in haar auto en ik voelde me neerslachtig en beschaamd. Ik ging weer naar bed, gaf de strijd op en droomde van Louise.

April. Mei. Ik vervolgde mijn opleiding tot kankerspecialist. Op de afdeling voor terminale patiënten stond ik al gauw bekend als het Ziekenhuismonster. Het deerde me niet. Ik bezocht patiënten, luisterde naar hun verhalen, vond mensen die waren opgeknapt en zat bij anderen die doodgingen. Ik dacht dat alle kankerpatiënten een hechte, liefdevolle familie hadden. De onderzoekers vertellen de prachtigste verhalen over het samen beleven van de ziekte. Het is bijna een familieziekte geworden. De werkelijkheid is dat veel kankerpatiënten alleen sterven.

'Wat wilt u nu eigenlijk?' vroeg een van de coassistenten me ten slotte.

'Ik wil weten hoe het is. Ik wil weten wat het is.'

Ze haalde haar schouders op. 'U verspilt uw tijd. Ik heb meestal het gevoel dat we allemaal onze tijd verspillen.'

'Waarom zou je je dan nog druk maken? Waarom maakt u zich druk?'

'Waarom je je nog druk zou maken? Dat lijkt me een vraag voor de hele mensheid.'

Ze draaide zich om en wilde weglopen. Maar ze bleef staan, draaide zich opnieuw om en keek me bezorgd aan.

'U hebt toch geen kanker?'

'Nee!'

Ze knikte. 'Weet u, soms wil iemand van wie de diagnose pas is gesteld precies weten hoe de behandeling verloopt. Artsen gedragen zich heel bevoogdend, zelfs tegenover uiterst intelligente patiënten. Soms gaan zulke patiënten zelf op onderzoek uit.'

'En tot welke conclusie komen ze dan?'

'Dat we nog maar heel weinig weten. We leven aan het eind van de twintigste eeuw en wat zijn onze instrumenten? Messen, zagen, naalden en chemicaliën. Ik heb een hekel aan alternatieve geneeswijzen, maar ik begrijp heel goed waarom die zo populair zijn.'

'Zou u zich toch niet 's in die andere methoden verdiepen?'

'Naast een tachtigurige werkweek?'

Ze liep weg. Ik pakte mijn boek, *Moderne kankerbehandeling*, en ging naar huis.

Juni. De droogste juni ooit geregistreerd. De aarde, die in volle zomerse bloei had moeten staan, was schraal door watergebrek. De knoppen hielden een belofte in maar zwollen niet. De brandende zon was een bedrieger. De zon, die leven had moeten brengen, voerde elke ochtend opnieuw dood aan.

Ik besloot naar de kerk te gaan. Niet omdat ik gered wilde worden, en ook niet omdat ik behoefte had aan vertroosting door het kruis. Nee, ik had behoefte aan de troost van andermans geloof. Ik zit graag naamloos tussen de psalmzingende gemeente, de vreemdeling aan de deur die zich geen zorgen hoeft te maken over het steunfonds voor een nieuw dak of de uitstalling van land- en tuinbouwproducten tijdens de oogstdienst. Vroeger geloofde iedereen, en men kon het geloof aantreffen in duizenden piepkleine kerkjes in heel Groot-Brittannië. Ik mis de zondagochtendklokken die van dorp tot dorp beierden. Gods rimboetelegraaf die het goede nieuws verspreidde. En het was goed nieuws omdat de kerk een middelpunt en een middel was. De anglicaanse kerk, met haar bezadigde, liefdadige betrokkenheid, was nadrukkelijk verbonden met het dorpsleven. De trage wisseling der seizoenen, weerspiegeld in de teksten uit het anglicaanse gebedenboek. Ritueel en stilte. Ruwe steen en ruwe grond. Tegenwoordig mag je blij zijn als één op de vier kerken zich nog aan de volledige kalender houdt en meer te bieden heeft dan een zondagse samenkomst om de veertien dagen en af en toe een bijzonder evenement.

De dichtstbijzijnde kerk was nog in gebruik als kerk, niet als museum, en dus koos ik voor de avonddienst en poetste mijn schoenen. Ik had moeten weten dat er een addertje onder het gras zat.

Het gebouw stamde gedeeltelijk uit de dertiende eeuw, met verbouwingen uit de achttiende en negentiende. Het was opgetrokken uit het soort compacte steen dat organisch uit het land lijkt op te rijzen. Gegroeid, niet gemaakt. Het bezat de kleur en de substantie van de worsteling. De worsteling om het uit te hakken en vorm te geven voor God. Het was massief, zwart als aarde en trots. Over de architraaf van de lage voordeur hing een plastic spandoek met de tekst JEZUS HOUDT VAN JOU.

'Je moet met je tijd meegaan,' zei ik bij mezelf, niet helemaal op mijn gemak.

Ik liep naar binnen over de koude tegelvloer, die typische kerkkou waar geen gaskachel of overjas vat op krijgt. Na de hete dag voelde het als de hand van God. Ik nam plaats in een donkere kerkbank met een boom op het deurtje en zocht mijn gebedenboek. Er lag er geen. Toen begonnen de tamboerijnen. Het waren zware tamboerijnen met de omvang van een grote trom, met wapperende linten als een meiboom en aan de zijkant getooid met sierspijkers als de halsband van een pitbull. Eén tamboerijn kwam door het gangpad naar me toe en flitste langs mijn oor. 'Loof de Heer,' zei de eigenaar, die wanhopige pogingen deed de macht over zijn instrument te bewaren, 'een vreemdeling in ons midden.'

De hele gemeente behalve ik barstte vervolgens uit in een melodie van bijbelteksten en verspreide uitroepen die met gulle hand op muziek waren gezet. Het schitterende pijporgel was met luiken gesloten en zat onder het stof; wij kregen een mondorgel en twee gitaren. Ik wilde eigenlijk weggaan maar er stond een potige, hoogrode boer voor de uitgang die de indruk wekte dat hij wel eens knap vervelend kon worden als ik zou weglopen vóór de collecte.

'Jezus zal u overweldigen,' riep de dominee. (God de worstelaar?)

'Jezus zal met u doen wat hij begeert!' (God de verkrachter?)

'Jezus vermeerdert zijn kracht!' (God de bodybuilder?)

'Geef uzelf aan Jezus en u zult met rente worden terugbetaald.'

Ik ben bereid aan te nemen dat God veelzijdig is, maar ik weet zeker dat als God bestaat, Hij geen hypotheekbank is.

Ik heb eens een vriendje gehad, hij heette Bruno. Na veertig jaar losbandigheid en mammon vond hij Jezus onder een kleerkast. Ik moet er eerlijk bij zeggen dat de kleerkast gedurende een uur of vier de weerstand uit zijn longen had geperst. Hij ontruimde huizen en was bekneld geraakt onder een topzware Victoriaanse kast met dubbele deuren. Het soort kast waar arme mensen in woonden. Hij werd ten slotte gered door de brandweer, al hield hij vol dat de Heer in eigen persoon het zware eikenhout vier uur lang had opgetild. Kort daarna nam hij me mee naar de kerk, waar hij in geuren en kleuren vertelde hoe Jezus uit de kast was gekomen om hem te redden. 'Rechtstreeks uit de kast naar je hart,' jubelde de predikant.

Ik heb Bruno daarna nooit meer gezien, hij schonk me zijn motorfiets als een gebaar van onzelfzuchtigheid en bad dat het voertuig me naar de Heer mocht leiden. Helaas ontplofte het aan de rand van Brighton.

Dit onschuldige gemijmer werd ruw onderbroken door twee handen die mijn handen vastpakten en ze tegen elkaar sloegen alsof het cimbalen waren. Ik begreep dat het de bedoeling was dat ik netjes in de maat zou meeklappen, en ik herinnerde me nog een goede raad van mijn grootmoeder. 'Je moet met de wolven in het bos huilen.' Ik forceerde een plastic grijns op mijn gezicht als een serveerster bij McDonald's en deed alsof ik me vermaakte. Maar ik vermaakte me niet, ik verveelde me niet, ik was volkomen blanco. Geen wonder dat ze zeggen dat Jezus een leegte vult, alsof mensen thermosflessen zijn. Dit was de leegste plek waar ik ooit was geweest. God mag dan barmhartig zijn, maar hij moet toch ook een beetje smaak hebben.

Zoals ik verwacht had, was de sumo-boer belast met de collecte, en zodra hij verheugd mijn kromme kwartje had ingezameld vluchtte ik. Ik vluchtte naar de ongerepte weilanden waar de schapen gewoon doorgraasden, zoals ze al tien eeuwen deden. Ik vluchtte naar de vijver waar de libellen zich voedden. Ik vluchtte tot de kerk een harde knobbel aan de horizon was. Als bidden zin heeft, dan had het hier zin, met mijn rug tegen een stapelmuurtje en mijn voeten op de met platte stenen geplaveide aarde. Sinds december bad ik iedere dag voor Louise. Ik wist volstrekt niet tot wie ik bad, zelfs niet waarom. Maar ik wilde dat iemand zich over haar zou ontfermen. Haar zou bezoeken en troosten. De koele wind en de diepe stroom zou zijn. Ik wilde dat iemand haar zou beschermen en ik had pannen vol gevulde watersalamanders willen koken als ik ervan overtuigd was geweest dat ze daar baat bij zou hebben gevonden. Wat het bidden betreft, het hielp me mijn gedachten te concentreren, aan Louise te denken als een zelfstandige persoon, niet als mijn geliefde, niet als mijn verdriet. Het hielp me mezelf te vergeten en dat was een weldadige ervaring. 'Je hebt je vergist,' zei de stem. De stem was geen schelle, sluwe stem meer maar een krachtige, vriendelijke stem en ik begon haar steeds duidelijker te horen. Ik hoorde de stem hardop spreken en ik betwijfelde of ik nog bij mijn volle verstand was. Wat voor mensen horen stemmen? Jeanne d'Arc, ja, maar hoe zit het met al die anderen, die zielige en enge types die de wereld met tamboerijn-kracht willen veranderen?

Ik had Elgin die maand nog niet kunnen bereiken, al had ik hem drie keer geschreven en op elk christelijk en onchristelijk uur opgebeld. Ik vermoedde dat hij in Zwitserland zat, maar als Louise nu eens stervende was? Zou hij het me vertellen? Zou hij het goed vinden als ik haar nog eens kwam opzoeken? Ik schudde mijn hoofd. Dat zou verkeerd zijn. Dat zou het effect van dit alles bederven. Louise was niet stervende, ze zat veilig in Zwitserland. Ze stond in een lange groene rok bij een omlaagstortende bergbeek. De waterval liep van haar haar over haar borsten, haar rok was doorzichtig. Ik keek nauwkeuriger. Haar lichaam was doorzichtig. Ik zag de omloop van haar bloed, de kamers van haar hart, de botten, lang als slagtanden, van haar benen. Haar bloed was helder en rood als zomerrozen. Ze geurde en stond in knop. Geen droogte. Geen pijn. Als het goed gaat met Louise, gaat het goed met mij.

Vandaag vond ik een haar van Louise op mijn jas. Het licht viel op de gouden lijn. Ik wond de haar een keer om beide wijsvingers en trok hem strak. Hij was ruim een halve meter lang. Is dit de draad die mij met jou verbindt?

Geen enkele hulpverlener, geen enkel boek over verdriet of rouwverwerking vertelt hoe het is om onverwacht een deel van de geliefde te vinden. Je doet er verstandig aan van je huis geen mausoleum te maken en alleen die dingen te bewaren die gelukkige, positieve herinneringen oproepen. Ik had boeken over de dood gelezen, deels omdat mijn afscheid van Louise definitief was en deels omdat ik wist dat ze ging sterven en ik met dat tweede verlies zou moeten leren leven, misschien net wanneer ik het eerste wat minder begon te voelen. Ik wilde ermee leren leven. Hoewel ik het gevoel had dat mijn leven in twee stukken was geslagen, koos ik nog steeds voor het leven. Ik heb zelfmoord nooit als een oplossing voor menselijke ellende beschouwd.

Een paar jaar geleden is een vriendin van me bij een verkeersongeluk om het leven gekomen. Ze reed op haar fiets en werd vermorzeld onder de zestien wielen van een vrachtwagencombinatie.

Toen ik de ergste schok had verwerkt begon ik haar in de straten te zien, altijd vluchtig, voor me uit, niet haar rug naar me toe, waarna ze in de menigte verdween. Ik heb gehoord dat dat heel gewoon is. Ik zie haar nog steeds, zij het minder vaak, en nog steeds denk ik telkens heel even dat zij het is. Tussen mijn bezittingen tref ik van tijd tot tijd iets van haar aan. Altijd iets onbelangrijks. Ik sloeg een keer een oud schrift open en er viel een stukje papier uit, onaangetast, de inkt nog scherp, niet verbleekt. Ze had het vijf jaar daarvoor in de British Library op mijn stoel gelegd. Het was een uitnodiging om rond vier uur koffie te gaan drinken. Ik haal even mijn jas en een handvol kleingeld en ik zie je dadelijk in de drukke koffieshop en je komt toch vandaag, ja toch?

'Je komt er wel overheen...' Het zijn de clichés die de problemen veroorzaken. Iemand verliezen van wie je houdt betekent dat je leven voorgoed is veranderd. Je komt er *niet* overheen, want je *hield* van hem of haar. De pijn houdt op, er zijn nieuwe mensen, maar de lege plek blijft altijd leeg. Wie zou haar moeten vullen? Het unieke van iemand die jouw verdriet waard was wordt niet uitgewist door de dood. Dit gat in mijn hart heeft jouw vorm en niemand anders past erin. Waarom zou ik er iemand anders in willen proppen?

Ik heb de laatste tijd veel over de dood nagedacht, het definitieve karakter ervan, het gesprek dat halverwege wordt afgebroken. Een van ons was nog niet uitgesproken, waarom ging de ander weg? En waarom zonder te waarschuwen? Zelfs na een lange ziekte komt de dood zonder te waarschuwen. Het moment waarop je je zo zorgvuldig had voorbereid overviel je. De troepen stormden door het raam naar binnen en grepen het lichaam en het lichaam is weg. Gisteren, een week geleden, vorig jaar, was je hier en nu ben je er niet. Waarom niet? De dood werpt ons terug op de verbijsterde logica van een klein kind. Als je er gisteren was, waarom vandaag dan niet? En waar ben je nu?

Tere schepselen op een kleine blauwe planeet, omringd

door lichtjaren geluidloze ruimte. Vinden de doden rust voorbij het rumoer van de wereld? Welke rust is er voor ons, wier innigste liefde hen niet kan terugbrengen, zelfs geen dag? Ik richt mijn hoofd op en kijk naar de deur en verwacht je in de deuropening te zien verschijnen. Ik weet dat het jouw stem is in de gang maar als ik de kamer uit ren is de gang leeg. Ik kan niets aan de toestand veranderen. Jij had het laatste woord.

Het nerveuze gevoel in mijn buik verdwijnt, net als de zeurende pijn bij het wakker worden. Soms denk ik aan jou en word ik duizelig. Herinneringen geven me een licht gevoel in het hoofd, dronken van champagne. Wat we allemaal niet gedaan hebben. En als iemand had gezegd dat dit de prijs was die ik moest betalen was ik daarmee akkoord gegaan. Dat verbaast me; dat er naast de pijn en de verwarring ook een stukje erkenning is. Het was de ellende waard. Liefde is de ellende waard.

Augustus. Niets te melden. Voor het eerst sinds Louise en ik uit elkaar zijn was ik neerslachtig. De voorafgaande maanden waren woest van wanhoop geweest, verzacht door de verdoving van de schok. Ik was half krankzinnig geweest, als het krankzinnigheid mag heten wanneer je je langs de rand van de echte wereld beweegt. In augustus voelde ik me leeg en ziek. Ik was tot bezinning gekomen en zag onder ogen wat ik had gedaan. Ik was niet langer dronken van verdriet. Lichaam en geest weten hoe ze zich moeten verstoppen voor alles wat te pijnlijk is. Zoals het slachtoffer van brandwonden een bepaald niveau van pijn bereikt, zo merkt de emotioneel getroffen mens dat verdriet een hoogvlakte is vanwaar hij zichzelf een poosje kan gadeslaan. Een dergelijke afstandelijkheid was voor mij niet langer weggelegd. Ik raakte al mijn manische energie en ook mijn tranen kwijt. Ik viel 's avonds in een doodsslaap en werd onuitgerust wakker. Als mijn hart pijn deed kon ik niet meer huilen. Er was alleen de zware last van mijn verwerpelijke gedrag. Ik had Louise in de steek gelaten en nu was het te laat.

Wat gaf mij het recht om te beslissen hoe zij moest leven? Wat gaf mij het recht om te beslissen hoe zij moest sterven?

In A Touch of Southern Comfort was het country & westernmaand. Het was ook Gail Rights verjaardag. Het verbaasde me niet dat ze een Leeuw was. Op de avond in kwestie, heter dan de hel en zo luidruchtig dat het niet meer in decibels was uit te drukken, vierden we feest aan de voeten van Howlin' Dog House Don. HD² zoals hij zich graag liet noemen. Van de franje aan zijn jasje had hij een volle kop met haar kunnen maken als hij die goed had kunnen gebruiken. Hij kon hem goed gebruiken maar meende dat zijn Onzichtbare Toupet voor een volle kop met haar kon doorgaan. Zijn broek zat strak genoeg om een wezel te wurgen. Als hij niet in zijn microfoon zong, liet hij hem tegen zijn kruis rusten. Hij droeg een bordje VERBODEN TOEGANG op zijn achterwerk.

'Het doet me geen reet,' zei Gail, en ze lag in een deuk om haar eigen grapje. 'Ik heb wel eens een betere dubbele punt op een schrijfmachine gezien.'

HD² was een groot succes. De vrouwen vonden het prachtig zoals hij ze rode papieren zakdoekjes uit zijn borst-

zak toewierp en grommend de lage noten nam, als een kner-
pende Elvis. De mannen leken zich niet al te zeer aan zijn
anale grapjes te storen. Hij ging bij een enkeling op de knie
zitten en piepte 'Wie is het mooiste jongetje?' terwijl de
vrouwen zich rond hun zoveelste glas gin met citroen pos-
teerden.

'Volgende week organiseer ik een meidenfeest,' zei Gail.
'Striptease voor de vrouwen.'

'Ik dacht dat het country & westernmaand was.'

'Is het ook. Dan draagt hij een halsdoek, een echte banda-
na.'

'En hoe zit het met de banana? Niet veel zaaks, zo te zien.'

'Het gaat ze niet om de lengte maar om de lol.'

Ik keek naar het podium. Howlin' Dog House Don hield
de microfoonstandaard schuin naar zich toe en croonde 'Is it
really youououo?'

'Maak je borst maar nat,' zei Gail. 'Als hij klaar is met dit
liedje staan de klanten sneller in de rij voor de bar dan een
stel nonnen op een uitstapje naar het echte kruis.'

Ze had een afwasteil vol Dolly Parton On Ice gemixt, het
drankje van de maand. Ik zette de glazen op een rij en voor-
zag elk glas niet van het gebruikelijke cocktailparapluutje
maar van een minuscule plastic boezem.

'Ga gezellig mee uit eten na het werk,' zei Gail. 'Geheel
vrijblijvend. Ik ben klaar om middernacht, en daarna maak
ik jou klaar als je zin hebt.'

En zo belandde ik achter een bord spaghetti carbonara bij
Magic Pete.

Gail was dronken. Ze was zo dronken dat toen haar valse wimper in haar soep viel, ze tegen de ober zei dat het een duizendpoot was.

'Hé joh, ik moet je wat vertellen,' zei ze terwijl ze zich over me heen boog als een dierentuinoppasser die een vis in de bek van een pinguïn laat vallen. 'Wil je het horen?'

Er was niet veel keus. Magic Pete was een nachtkroeg met weinig comfort en veel drank. Ik kon kiezen: Gails onthulling aanhoren of een muntstuk van vijftig pence zoeken voor de jukebox. Ik had geen vijftig pence.

'Je hebt je vergist.'

In strips komt er op dat moment een zaag uit de vloer die een keurig gat rond Bugs Bunny's stoel zaagt. Wat bedoelt ze met 'Je hebt je vergist'?

'Als je onze verstandhouding bedoelt, Gail, ik kon niet...'

Ze viel me in de rede. 'Ik bedoel je verhouding met Louise.'

Ze kreeg de woorden ternauwernood over haar lippen. Haar mond steunde op haar vuisten en haar ellebogen steunden op de tafel. Ze probeerde telkens mijn hand te pakken en viel telkens opzij in de koelemmer.

'Je had haar nooit mogen laten zitten.'

Haar laten zitten? Dat klinkt anders dan de heroïsche taal die ik in gedachten had. Had ik me niet voor haar opgeofferd? Mijn leven gegeven voor het harc?

'Ze was geen kind.'

Ja, dat was ze wel. Mijn kind. Mijn baby. Het tere wezentje dat ik wilde beschermen.

'Je hebt haar niet de gelegenheid gegeven om te zeggen wat zij wilde. Jij bent weggegaan.'

Ik moest bij haar weggaan. Anders was ze voor mij gestorven. Was het niet beter dat ik ter wille van haar een half leven overhield?

'Wat is er?' brabbelde Gail. 'Is de kat er met je tong vandoor?'

Niet de kat, maar de worm van de twijfel. Wie denk ik dat ik ben? Heer Lancelot? Louise is een prerafaëlitische schoonheid, maar dat maakt van mij nog geen middeleeuwse ridder. Toch wilde ik zielsgraag goed en rechtvaardig zijn.

We verlieten de kroeg en wankelden naar Gails auto. Ik was niet dronken maar het was onmogelijk Gail te ondersteunen zonder zelf mijn evenwicht te verliezen. Ze leek op een overgeschoten gelatinepudding op een kinderpartijtje. Ze besloot dat ze met me mee naar huis ging, ook al zou ik in de fauteuil moeten slapen. Kilometer na kilometer bekritiseerde ze mijn fouten. Ik wou dat ik me aan mijn oorspronkelijke voornemen had gehouden om haar niet alles te vertellen. Nu was ze niet meer te stoppen. Ze was een drietonner die van een helling afdenderde.

'Schat, als er één ding is waar ik niet tegen kan, dan is het een held zonder idealen. Zo iemand maakt alleen maar moeilijkheden om ze later te kunnen oplossen.'

'Denk je zo over mij?'

'Ik denk dat je hartstikke gek bent. Misschien hield je niet van haar.'

Haar woorden hadden tot gevolg dat ik zo'n harde ruk aan het stuur gaf dat Gails verzameling bandjes van Tammy Wynette in geschenkdoos over de rugleuning zeilde en haar knikkende hond onthoofdde. Gail braakte over haar blouse.

'Het probleem met jou,' zei ze terwijl ze zich schoon veegde, 'is dat jij in een roman wilt leven.'

'Onzin. Ik lees nooit romans. Behalve Russische.'

'Dat zijn de slechtste. Dit is *Oorlog en vrede* niet, schat, dit is Yorkshire.'

'Je bent dronken.'

'Ja, ik ben dronken. Ik ben drieënvijftig en ik ben zo wild als een Welshman met een prei in zijn reet. Drieënvijftig. Ouwe slet Gail. Wat geeft haar het recht haar neus in jouw sprookjesharnas te steken? Dat denk je nu, hè schat? Ik lijk dan misschien niet zo op een boodschapper van de goden, maar die vriendin van jou is niet de enige die vleugels heeft. Ik heb er ook een paar, hieronder.' (Ze tikte tegen haar oksels.) 'Ik heb wat rondgevlogen en een paar dingen opgepikt en ik zal je er één cadeau geven: je mag de vrouw van wie je houdt nooit in de steek laten. Vooral niet als je denkt dat dat voor haar het beste is.' Ze hikte heftig en bedekte haar rok met halfverteerde mosselen. Ik gaf haar mijn zakdoek. Ten slotte zei ze: 'Je moest haar maar 's gaan zoeken.'

'Dat kan ik niet.'

'Wie zegt dat?'

'Ik. Ik heb mijn woord gegeven. Zelfs als ik daar verkeerd aan heb gedaan is het nu te laat. Zou jij mij nog willen zien als ik je had laten zitten met een man die je veracht?'

'Ja,' zei Gail en viel in zwijm.

De volgende ochtend nam ik de trein naar Londen. De hitte door het wagonraam maakte me slaperig en ik gleed in een lichte sluimering waarin Louises stem tot me doordrong als onder water. Ze was onder water. We waren in Oxford en ze zwom in de rivier, groen op haar glanzende lichaam, de parelglans van haar lichaam. We hadden op het door de zon verzengde gras gelegen, gras dat hooi was geworden, gras broos op de gebakken klei, hoog gras dat rode striemen op ons achterliet. De lucht was stralend blauw, geen wolkje te zien, een kalme blik, wat een glimlach. Een vooroorlogse lucht. Voor de Eerste Wereldoorlog waren veel dagen zo: uitgestrekte Engelse weiden, zoemende insecten, onschuld en blauwe lucht. Boerenarbeiders die het hooi opstaken, vrouwen in boezelaars die kruiken limonade droegen. De zomers waren heet, de winters vol sneeuw. Het is een mooi verhaal.

Ik zit hier nu mijn eigen herinneringen aan voorspoedige tijden te verzinnen. Toen we nog samen waren was het mooier weer, de dagen waren langer. Zelfs de regen was warm. Ja toch? Weet je nog toen we... Ik zie Louise met gekruiste benen onder de pruimenboom zitten, in de tuin in Oxford. De pruimen lijken slangenkoppen in haar haar. Haar haar is nog niet droog van het zwemmen in de rivier, het krult omhoog rond de pruimen. Tegen haar koperkleurige haar lijken de groene bladeren doffe vlekken. Mijn Lieve Vrouwe van het Kopergroen. Louise is een van de weinige vrouwen die mooi blijven als de glans van de jeugd eraf is.

Op die dag vroeg ze me of ik haar trouw zou blijven en ik antwoordde: 'Met heel mijn hart.' Was ik haar trouw gebleven?

Bij de echt van trouwe zielen spreek' men niet
Van hindernissen. Die liefde is geen liefde

Die mindert als zij de een vermind'ren ziet,
Die scheiding zoekt als de een door scheiding griefde;
Neen, liefde is als een haak die, diep in de aarde
Gevest, met stormgeklots en golven lacht,
De sterre voor elk zwervend schip, wier waarde
De meting te vergeefs te schatten tracht.

Toen ik jong was hield ik van dat sonnet. Ik vatte *wandering bark* in regel zeven niet op als zwervend schip maar als 'zwervende blaf', een jonge hond als in *Portrait of the Artist as a Young Dog* van Dylan Thomas.

Ik ben een zwervend vaartuig van onbekende waarde geweest, maar ik meende een veilig schip te zijn voor Louise. En toen gooide ik haar overboord.
    'Blijf je me trouw?'
    'Met heel mijn hart.'
    Ik pakte haar hand en stak hem onder mijn T-shirt. Ze pakte mijn tepel en kneep erin.
    'Ook met heel je lichaam?'
    'Je doet me pijn, Louise.'
    De hartstocht is niet welopgevoed. Haar vingers beten in mijn vlees. Ze had me met touwen aan zich willen vastbinden, onze gezichten naar elkaar toegekeerd, zodat we alleen nog op elkaar konden bewegen. Ze had ons van alle zintuigen willen beroven, behalve de tastzin en de reuk. In een blinde en doofstomme wereld konden we onze hartstocht eindeloos beëindigen. Eindigen zou betekenen: opnieuw beginnen. Alleen zij, alleen ik. Zij was jaloers maar ik ook. Zij

was wreed van liefde maar ik ook. We hadden genoeg geduld om de haren op elkaars hoofd te tellen, maar niet genoeg om ons helemaal uit te kleden. Geen van ons was de sterkste, we droegen vergelijkbare wonden. Zij was mijn tweelingzuster en ik heb haar verloren. Huid is waterdicht maar mijn huid was niet bestand tegen Louise. Ze overstroomde me en is nooit weggevloeid. Ik doorwaad haar nog altijd, ze beukt op mijn deuren en bedreigt mijn intiemste veiligheid. Er ligt geen gondel voor de deur en het water stijgt nog steeds. Zwem weg, wees niet bang. Ik ben bang.

Is dit haar wraak? 'Ik laat je nooit meer gaan.'

Ik ging rechtstreeks naar mijn flat. Louise verwachtte ik daar niet aan te treffen, maar er waren tekenen van haar aanwezigheid, wat kleren, boeken, de koffie die ze lekker vond. Uit de geur van de koffie leidde ik af dat ze er al een poosje niet meer was geweest, de bonen roken muf en zo ver zou ze het nooit hebben laten komen. Ik pakte een van haar truien en begroef mijn gezicht erin. Heel zwakjes haar geur.

Het gaf me een vreemd opgetogen gevoel om weer in mijn eigen huis te zijn. Waarom is de mens een vat vol tegenstrijdigheden? Dit was het toneel van verdriet en scheiding, een plek van rouw, maar nu de zon door het raam scheen en de tuin vol rozen stond kreeg ik weer hoop. Ook hier waren we gelukkig geweest en iets van dat geluk had de muren doordrenkt en de meubels een nieuw dessin gegeven.

Ik besloot te gaan stoffen. Ik had al eerder gemerkt dat onafgebroken huishoudelijk werk de rattenkooi van de geest tot bedaren brengt. Ik moest lang genoeg stoppen met piekeren om een verstandig plan te kunnen maken. Ik had behoefte aan innerlijke rust, een toestand die ik nog niet kende.

Terwijl ik de laatste resten van miss Havisham wegboende, vond ik een paar brieven aan Louise van het ziekenhuis waar ze advies van een andere specialist had ingewonnen. De brieven kwamen erop neer dat van behandeling moest worden afgezien omdat Louise nog steeds geen symptomen vertoonde. De lymfeklieren waren enigszins opgezwollen, maar de toestand was al een halfjaar stabiel. De specialist adviseerde regelmatige controle en een normaal leven. De drie brieven waren gedateerd na mijn vertrek. Er lag ook een bijzonder indrukwekkend schrijven van Elgin waarin hij Louise eraan herinnerde dat hij haar geval al twee jaar bestudeerde en dat ze naar zijn bescheiden mening ('Mag ik je erop wijzen, Louise, dat ik beter dan de heer Rand in staat en bevoegd moet worden geacht om op dit onzekere gebied een beslissing te nemen') behandeld moest worden. Het adres van zijn Zwitserse kliniek stond op het briefhoofd.

Ik belde op. De receptioniste wilde me niet te woord staan. Er waren geen patiënten in de kliniek. Nee, ik kon niet met de heer Rosenthal spreken.

Ik begon me af te vragen of de receptioniste er een van Inge was.

'Mag ik dan met mevrouw Rosenthal spreken?' (Ik vond het vreselijk dat zo te moeten zeggen.)

'Mevrouw Rosenthal is hier niet meer.'

'Mag ik dan de dokter spreken?'

'Menéér Rosenthal' – ze onderstreepte mijn blunder – 'is er ook niet.'

'Verwacht u hem?'

Dat kon ze niet zeggen. Ik kwakte de hoorn op het toestel en ging op de grond zitten.

Goed dan. Er zat niets anders op. Louises moeder.

Louises moeder en grootmoeder woonden samen in Chelsea. Ze beschouwden zichzelf als Australische adel, dat wil zeggen dat ze van verbannen misdadigers afstamden. Ze hadden een klein, tot woonhuis omgebouwd koetshuis. Vanaf de bovenverdiepingen konden ze de vlaggenmast van Buckingham Palace zien. Grootmoeder bracht al haar tijd op de bovenverdiepingen door om bij te houden of de koningin al dan niet in haar residentie verbleef. Af en toe onderbrak ze haar wacht om eten op haar blouse te morsen. Ze had een vaste hand maar morste graag. Dan had haar dochter ook wat te doen. Louise was nogal op haar grootmoeder gesteld. Met een kleine variatie op Dickens noemde ze haar de Bejaarde Erwt, want meer dan wat ook morste grootmoeder erwten. Haar enige commentaar op Louises scheiding van Elgin luidde: 'Zorg dat je het geld krijgt.'

Moeder zat gecompliceerder in elkaar en maakte zich op een zeer onaristocratische wijze zorgen over wat de mensen wel zouden zeggen. Toen ik me via de deurtelefoon meldde, weigerde ze me binnen te laten.

'Ik weet niet waar ze is. Het gaat u trouwens niets aan.'

'Mevrouw Fox, doet u alstublieft open, alstublieft.'

Stilte. Het huis van een Engelsman is zijn heiligdom, maar het koetshuis van een Australische is vogelvrij. Ik beukte met beide vuisten op de deur en riep zo hard als ik kon: 'Mevrouw Fox!' Achter het raam van het huis aan de overkant doken twee gecoiffeerde hoofden op als duveltjes uit een doosje. De voordeur vloog open. Het was niet mevrouw Fox maar de Bejaarde Erwt zelf.

'Wat denk je wel? Dat je op kangoeroejacht bent?'

'Ik zoek Louise.'

'Waag het niet een voet over de drempel te zetten.' Mevrouw Fox verscheen.

'Kitty, als we dit personage niet binnenlaten, denken de buren dat we luizen hebben, of onbetaalde schulden.' De Erwt keek me argwanend aan. 'Je ziet eruit als iemand van de Ontsmettingsdienst.'

'Moeder, we hebben in Engeland geen Ontsmettingsdienst.'

'O nee? Vandaar dat het overal zo stinkt.'

'Alstublieft, mevrouw Fox, ik blijf maar even.'

Met tegenzin deed mevrouw Fox een stap achteruit en ik zette een voet op de mat.

Zodra er een centimeter ruimte was tussen mij en de deur, sloot mevrouw Fox hem achter mij en versperde me de verdere toegang. Ik voelde de plastic brievenbus in mijn rug.

'Vertel op, maar vlug.'

'Ik zoek Louise. Wanneer hebt u haar voor het laatst gesproken?'

'Haha,' zei de Erwt, stampend met haar stok. 'Ik laat me door jou niet voor de Waltzing Matilda houden. Wat kan jou het schelen waar ze is? Je bent bij haar weggelopen, en hoepel nu maar op.'

Mevrouw Fox zei: 'Ik ben blij dat u niets meer met mijn dochter te maken hebt. U hebt haar huwelijk kapotgemaakt.'

'Dáár zit ik niet mee,' zei oma.

'Moeder, wil je je mond houden? Elgin is een fantastische man.'

'Sinds wanneer? Je noemde hem altijd een kleine rat.'

'Ik heb hem nooit een kleine rat genoemd. Ik zei dat hij tamelijk klein van stuk was en dat hij helaas iets weg had van een, nou ja, een...'

'Rat!' gilde de Erwt en ze bonkte met haar stok tegen de deur, vlak naast mijn hoofd. Ze had messenwerpster in het circus moeten worden.

'Mevrouw Fox, ik heb een fout gemaakt. Ik had Louise nooit in de steek mogen laten. Maar ik dacht dat dat voor haar het beste was. Ik dacht dat Elgin haar beter kon maken. Ik wil haar opsporen en voor haar zorgen.'

'Het is te laat,' zei mevrouw Fox. 'Ze heeft tegen me gezegd dat ze u nooit meer wil zien.'

'Ze had een leven als een kikker op de snelweg,' zei de Erwt.

'Moeder, ga zitten, je wordt moe,' zei mevrouw Fox, steunend op de trapleuning. 'Ik kan het alleen wel af.'

'Het mooiste meisje van hier tot Brisbane, en dan wordt ze zó behandeld... Weet je, Louise lijkt sprekend op mij toen ik jong was. Ik had een prachtig figuur.'

Het was moeilijk voor te stellen dat Erwt ooit een figuur had gehad. Ze leek op een kindertekening van een sneeuwpop, gewoon twee op elkaar gestapelde cirkels. Pas nu viel haar haar me op: omhoogtorenend in slangachtige kronkels, een levende bewegende massa die aan haar strakke banden ontsnapte, net als Louises haar. Louise had me verteld dat Erwt de onbetwiste Schoonheidskoningin van West-Australië was geweest. In de jaren twintig had ze meer dan honderd huwelijksaanzoeken gekregen van bankiers, goudzoekers, zakenlieden die kaarten ontrolden van het nieuwe Australië dat ze gingen opbouwen en zeiden: 'Lieve schat, dit is allemaal van jou als jij straks van mij bent.' Erwt was met een schapenfokker getrouwd en had zes kinderen gekregen. De dichtstbijzijnde buurman woonde een dagreis verderop. Ik zag haar plotseling voor me, jurk tot op de grond, handen in de zij, de zandweg die oploste in de vlakke einder. Eén grote vlakte en daarboven als een liniaal de lucht. Miss Helen Louise, een brandend braambos in het droge land.

'Heb ik soms wat van je aan?'

Ik schudde het hoofd. 'Mevrouw Fox, hebt u enig idee waar Louise nu is?'

'Ik weet dat ze niet in Londen is, dat is alles. Misschien is ze in het buitenland.'

'Ze heeft de dokter handenvol geld gekost. Hij heeft nu net zo veel te vreten als een houtwurm in een plasticfabriek. Hi hi hi.'

'Moeder, hou op!' Mevrouw Fox keek me aan en zei: 'Ik denk dat u beter kunt vertrekken. Ik kan u niet helpen.'

Mevrouw Fox deed de deur open terwijl haar buren hun deuren sloten.

'Wat heb ik je gezegd?' zei Erwt. 'Nu hebben we een slechte naam.'

Ze draaide zich vol walging om en strompelde leunend op haar stok door de hal.

'Je weet toch dat Elgin dit jaar een lintje zou krijgen? Door die toestanden met Louise gaat het niet door.'

'Wat een onzin,' zei ik. 'Een gelukkig huwelijk heeft er niets mee te maken.'

'Waarom staat hij dan niet op de lijst?' Ze kwakte de deur dicht en ik hoorde haar huilen in de hal. Was het om haar verloren band met het verhevene en het goede of was het om haar dochter?

Avond. Paartjes die hand in hand door de zwetende straten liepen. Door een bovenraam kwam het geluid van een reggaeband die nog een lange weg te gaan had. Restaurants propageerden het eten in de open lucht, maar een rieten stoel in een smerige straat vol dreunende bussen was geen Venetië. Ik zag het afval opwaaien tussen de pizza's en de karaffen in raffia mandjes. Een vosachtige ober maakte zijn strikje vast in de spiegel van de caissière, gaf een klap op haar achterwerk, legde een pepermuntje op zijn rode tong en liep trots als een pauw naar een groep minderjarige meisjes die campari en soda dronken. 'Willen de dames misschien wat eten?'

Ik nam de eerste de beste bus zonder op de bestemming te letten. Wat maakte het uit? Ik was immers geen stap dichter bij Louise gekomen? De stad etterde. De buschauffeur wilde de deuren niet openen zolang de bus reed. Het stonk er naar hamburgers en patat. Een dikke vrouw in een mouwloze nylon jurk zat zich wijdbeens koelte toe te wuiven met haar schoen. Haar make-up was uitgelopen en had zich verzameld in dikke vieze randen.

'DOE DIE DEUREN OPEN KLERELIJER,' riep ze.

'Sodemieter op,' zei de chauffeur zonder achterom te kijken. 'Kan je het bordje niet lezen? Kan je niet lezen?'

Op het bordje stond GELIEVE DE CHAUFFEUR TIJDENS DE RIT NIET AF TE LEIDEN. We zaten op dat moment vast in een verkeersopstopping.

Terwijl de temperatuur steeg nam de man voor me zijn toevlucht tot zijn zaktelefoon. Zoals alle zaktelefoongebruikers had hij niets dringends te zeggen, maar hij wilde gewoon wat zeggen. Hij keek ons allemaal aan om te zien of we wel naar hem keken. Toen hij ten slotte zei: 'Goeie avond de ballen hè Kev', vroeg ik hem heel beleefd of ik het ding even mocht lenen en bood hem een pond aan. Hij voelde er weinig voor afstand te doen van een zo wezenlijk onderdeel van zijn machismo, maar hij was bereid het nummer voor me in te toetsen en de telefoon tegen mijn oor te houden. Nadat de zoemer een paar keer vruchteloos was overgegaan zei hij: 'Jammer dan', stak mijn pond in zijn zak en hing zijn schat weer aan een hondenketting om zijn hals. De telefoon was niet opgenomen in Louises huis. Ik besloot zelf een kijkje te gaan nemen.

Ik vond een taxi die me door de benauwde hitte van de stervende dag voerde en we draaiden het plein op op hetzelfde moment dat Elgin zijn BMW tegen de stoeprand parkeerde. Hij stapte uit en deed het portier open voor een vrouw. Het was een mantelpaktiepje, zwaar opgemaakt en met het soort kapsel dat met stormgeklots en golven lacht. Ze droeg een kleine reistas, Elgin een koffer, ze lachten samen. Hij kuste haar en zocht zijn sleutels.

'Stapt u nog uit of niet?' vroeg mijn chauffeur.

Ik probeerde me te beheersen. Op het stoepje haalde ik

diep adem en belde aan. Rustig blijven rustig blijven rustig blijven.

Het sexy scharreltje deed open. Ik produceerde een stralende glimlach en liep om haar heen, de brede hal in. Elgin stond met zijn rug naar me toe.

'Schat...' begon ze.

'Dag Elgin.'

Hij draaide zich bliksemsnel om. Ik dacht dat mensen dat in het echte leven nooit deden, alleen in maffe misdaadverhalen. Elgin bewoog zich als Fred Astaire en posteerde zich tussen mij en het sexy scharreltje. Ik weet niet waarom.

'Ga even thee zetten, schat, als je wilt,' zei hij en ze liep weg.

'Betáál je haar om zo gehoorzaam te zijn of is het liefde?'

'Ik heb je gezegd hier nooit meer te komen.'

'Je hebt een heleboel dingen gezegd die ik in de wind had moeten slaan. Waar is Louise?'

Gedurende een fractie van een seconde leek Elgin oprecht verbaasd. Hij dacht dat ik het wel zou weten. Ik keek de hal in. Er stond een nieuwe tafel met gebogen poten, een afgrijselijk esdoornhouten geval, ingelegd met banen koper. Hij kwam ongetwijfeld uit het soort winkel waar niets geprijsd is, maar de prijs was over het hele ding geschilderd. Het was het soort gangtafel dat interieurontwerpers voor Arabische klanten kopen. Ernaast stond een radiator. Louise was hier al een tijd niet meer geweest.

'Ik zal je even uitlaten,' zei Elgin.

Ik greep hem bij zijn stropdas en duwde hem tegen de deur. Ik heb nooit op boksles gezeten en dus moest ik me door mijn instinct laten leiden. Ik ramde zijn luchtpijp in zijn strottenhoofd. Het leek doeltreffend. Helaas kon hij niets meer zeggen. 'Vertel je me wat er gebeurd is, ja of nee?' Zijn stropdas wat strakker aantrekken en kijken hoe zijn ogen uit hun kassen puilen.

Het sexy scharreltje kwam met twee bekers thee de trap weer opgetrippeld. Twee bekers. Wat onbeschoft. Ze bleef stokstijf staan als een derderangs acteur en gilde: 'LAAT MIJN VERLOOFDE LOS.' Ik schrok zo erg dat ik het deed. Elgin stompte me in de maag en drukte me tegen de muur. Ik ging jankend als een zeehond onderuit. Elgin trapte me tegen de schenen maar dat voelde ik later pas. Ik zag alleen zijn glimmende schoenen en haar lakschoentjes met open neuzen. Ik moest overgeven. Terwijl ik me als een figurant in een Vermeer over de zwart-wit geruite tegelvloer boog, zei Elgin zo gewichtig als een halfgewurgde man dat nog kan: 'Ja, het klopt, Louise en ik zijn gescheiden.' Ik gaf nog steeds broodje ei en tomaat over, maar ik krabbelde overeind met de gratie van een oude dronkelap, veegde mijn mond schoon met de rug van mijn hand en trok vervolgens een spoor van viezigheid over Elgins blazer.

'God, wat gedraag jij je walgelijk,' zei het sexy scharreltje. 'God.'

'Wil ik je een verhaaltje voor het slapen gaan vertellen?' vroeg ik haar. 'Over Elgin en zijn vrouw Louise? O, en ook over mij?'

'Schat, loop naar de wagen en bel de politie, wil je?' Elgin deed de deur open en het sexy scharreltje stoof naar buiten. Zelfs in mijn gammele toestand was ik nog verbaasd. 'Waar-

om moet ze uit de auto telefoneren, wil je er soms mee pron-
ken?'

'Mijn verloofde belt uit de auto voor haar eigen veiligheid.'

'Niet omdat er iets is wat ze niet mag horen?'

Elgin glimlachte medelijdend, hij had nooit goed kunnen
glimlachen, meestal bewoog zijn mond alleen maar wat in
zijn gezicht. 'Je kunt nu maar beter gaan.'

Ik keek naar buiten, naar de auto. Het sexy scharreltje had
de telefoon in de hand en de gebruiksaanwijzing op haar
knie.

'Ik denk dat we nog wel een paar minuten hebben, Elgin.
Waar is Louise?'

'Ik weet het niet en het interesseert me niet.'

'Met de kerst zei je wat anders.'

'Vorig jaar dacht ik nog dat ik Louise tot rede kon brengen. Ik heb me vergist.'

'Het had niet toevallig iets met de lintjesregen te maken, hè?'

Ik verwachtte niet dat hij zou reageren, maar zijn bleke
wangen werden clownrood. Hij duwde me ruw het stoepje
af. 'Zo is het wel genoeg, eruit.' Mijn geest werd helder en gedurende één kort Simson-ogenblik keerde mijn kracht terug.
Ik stond onder hem op de stoep, onder de waterlijn van zijn
afgunst. Ik herinnerde me de ochtend dat hij ons in de keuken had uitgedaagd. Hij had ons een schuldgevoel willen op-
dringen zodat we zouden wegsluipen, ons genot vergald door
volwassen fatsoensnormen. In plaats daarvan had Louise
hem verlaten. Het toppunt van egoïsme: een vrouw die haar
eigen wensen laat voorgaan.

Ik was door het dolle heen, als een ongetemd veulen. Dol van vreugde over Louises ontsnapping. Ik stelde me voor hoe ze haar koffers pakte, de deur achter zich dichtdeed, hem voorgoed verliet. Ze was vrij. Ben jij dat, vliegend over de velden met de wind onder je vleugels? Waarom heb ik je niet vertrouwd? Ben ik een haar beter dan Elgin? Nu heb je ons allebei te grazen genomen en ben je ervandoor gegaan. Niet jij bent in de val gelopen. Wij zijn erin gelopen.

Door het dolle heen. Ik krijg Elgin wel klein. Hier zal ik mijn gevoelens uitstorten, niet over Louise, in fonteinen van dankbaarheid, maar over hem, in stromen zwavel en pek.

Hij begon gebaren te maken naar het sexy scharreltje, hij wapperde met zijn armen alsof het seinvlaggen waren, een malle marionet met de sleutels van een peperdure auto.

'Elgin, jij bent toch arts? Dan zul je wel weten dat een arts de omvang van iemands hart kan schatten aan de hand van de omvang van zijn vuist. Hier is mijn vuist.'

Ik zag Elgins verbouwereerde blik terwijl mijn vuisten, verstrengeld in goddeloos gebed, in een opwaarts offergebaar zijn kin naderden. Raak. Hoofd naar achteren geklapt, misselijkmakend geknars als van een gehaktmolen. Elgin aan mijn voeten in foetushouding, bloedend. Hij maakt geluiden als een varken aan de trog. Hij is niet dood. Waarom niet? Als het voor Louise zo makkelijk is om dood te gaan, waarom kost het Elgin dan zoveel moeite?

De woede stroomde uit me weg. Ik legde zijn hoofd in een aangenamere houding en haalde een kussen uit de hal. Terwijl ik zijn vermorzelde gezicht ondersteunde, viel er een tand uit. Goud. Ik legde zijn bril op de gangtafel en liep langzaam het stoepje af naar de auto. Het sexy scharreltje was half in en half buiten de auto; haar mond klapperde als een nachtvlinder. 'God. God, o mijn God, God.' Alsof herhaling kon bewerkstelligen wat geloof niet voor elkaar kreeg.

De telefoon bungelde nutteloos aan zijn snoer om haar pols. Ik hoorde de krakerige stem van de telefoniste. BRAND-WEER POLITIE AMBULANCE. VAN WELKE DIENST WENST U GEBRUIK TE MAKEN? BRANDWEER POLITIE AMBULAN-CE. VAN WELKE... Ik pakte voorzichtig de telefoon. 'Ambulance, Nightingale Square 52, NW3.'

Toen ik bij mijn flat aankwam was het donker. Mijn rechter-pols was lelijk opgezet en ik liep mank. Ik deed ijs in een paar plastic boodschappentasjes en wikkelde ze met plakband om mijn kreupele ledematen. Ik wilde alleen maar slapen en sla-pen deed ik, op de stoffige, onverschoonde lakens. Ik sliep vierentwintig uur en nam toen een taxi naar het ziekenhuis en bracht bijna evenveel tijd in de polikliniek door. Ik had mijn pols gebroken.

Tot aan mijn elleboog in het gips maakte ik een lijst van al-le ziekenhuizen met een kankerafdeling. Ze hadden geen van alle van Louise Rosenthal of Louise Fox gehoord. Ze onder-ging nergens een behandeling. Ik sprak met haar specialist, die weigerde me iets te vertellen, behalve dat hij haar op dat moment niet meer adviseerde. Die vrienden van haar die ik had ontmoet hadden haar niet meer gezien sinds mei, toen ze plotseling was verdwenen. Ik belde de advocate die haar scheiding had geregeld. Ze had geen contactadres meer. Met veel moeite wist ik haar zover te krijgen dat ze me het adres gaf dat ze tijdens de procedure had gebruikt.

'U weet toch dat dit ethisch onverantwoord is?'

'Weet u wie ik ben?'

'Ja. Daarom maak ik voor u een uitzondering.'

Ze verdween en rommelde wat in haar dossiers. Mijn lippen waren droog.

'Hier heb ik het: Dragon Street 41a, Londen NW1.'

Het was het adres van mijn flat.

Ik bleef zes weken in Londen, tot begin oktober. Ik had me er al bij neergelegd dat er een aanklacht tegen me zou worden ingediend wegens de verwondingen en de schade die ik Elgin had toegebracht. Maar ik hoorde er niets meer van. Ik liep naar het huis en zag dat alle luiken gesloten waren. Elgin had zo zijn redenen om niets meer van zich te laten horen. Maar wat voor redenen? Hij kon zich immers op me wreken, misschien wel met gevangenisstraf? De gedachte aan mijn idiote gedrag vervult me met afschuw, ik heb altijd iets wilds over me gehad, het begint met bonzende slapen en gaat dan over in een krankzinnigheid die ik wel herken maar niet kan beheersen. *Wel* kan beheersen. Jarenlang *heb* beheerst, tot ik Louise tegenkwam. Zij heeft de donkere plaatsen ontsloten, en ook het licht. Dat is het risico dat je neemt. Ik kon Elgin mijn verontschuldigingen niet aanbieden want ik had geen berouw. Ik had geen berouw maar ik schaamde me, klinkt dat vreemd?

In de nacht, het zwartste deel van de nacht, als de maan laag staat en de zon nog niet op is, werd ik wakker in de overtuiging dat Louise alleen was weggegaan om te sterven. Mijn handen beefden. Ik wilde het niet. Ik gaf de voorkeur aan mijn andere werkelijkheid: Louise gezond en veilig op een plek waar ze Elgin en mij kon vergeten. Misschien met iemand anders. Dat was het deel van de droom waaruit ik probeerde te ontwaken. Toch was het beter dan de pijn van haar dood. Mijn evenwicht, als je het zo mocht noemen, was afhankelijk van haar geluk. Ik had dat verhaal nodig. Ik vertelde het mezelf elke dag en hield het elke nacht tegen mijn borst gedrukt. Het was mijn trooster. Ik bouwde verschillende huizen voor haar, plantte haar tuinen aan. Zij lag in de buitenlandse zon. Ze was in Italië en at mosselen op het strand. Ze had een witte villa die zich weerspiegelde in het meer. Ze lag niet ziek en verlaten in een huurkamer met dunne gordijnen. Het ging goed met haar. Het ging goed met Louise.

Kenmerkend voor het leukemische lichaam is een snelle achteruitgang na remissie. Remissie kan worden opgewekt door radiotherapie of chemotherapie of het kan gewoon vanzelf gebeuren, niemand weet waardoor. Geen arts kan nauwkeurig voorspellen of de ziekte zich zal stabiliseren en hoe lang. Dat geldt voor alle soorten kanker. Het lichaam danst met zichzelf.

Het nageslacht van de stamcel splitst zich niet langer, of het tempo loopt sterk terug: de groei van de tumor is tot staan gebracht. Vaak heeft de patiënt geen pijn meer. Als de remissie in een vroeg stadium optreedt, voordat de toxische bijwerkingen van de behandeling het lichaam tot een geheel nieuwe vorm van onderwerping hebben gedwongen, zal de patiënt zich in veel gevallen prettig voelen. Helaas vormen haaruitval, huidvlekken, chronische constipatie, koorts en neurologische stoornissen de prijs die betaald moet worden voor een paar maanden extra leven. Of een paar jaar. Dat is de gok.

De uitzaaiingen zijn het probleem. Kanker heeft een unieke eigenschap: hij kan zich vanuit zijn oorsprong naar andere weefsels verplaatsen. Het zijn meestal de uitzaaiingen die de dood van de patiënt tot gevolg hebben, en juist de biologie van de uitzaaiing wordt door de artsen niet begrepen. Ze zijn niet opgeleid om haar te begrijpen. In de denkwereld van de arts is het lichaam een verzameling deeltjes die je indien nodig kunt isoleren en behandelen; dat het lichaam zich juist in zieke toestand als één geheel gedraagt is een verontrustend idee. Holistische geneeskunde is iets voor gebedsgenezers en halvegaren, nietwaar? Het geeft niet. Rij maar rond met het medicijnenwagentje, bombardeer het slagveld, bestraal het hart van het gezwel. Helpt het niet? Pak dan maar de breekijzers, de zagen, de messen en de naalden. Een milt zo groot als een voetbal? Hopeloze maatregelen tegen een hopeloze ziekte. Vooral omdat de uitzaaiing vaak al een feit is voordat de patiënt een arts raadpleegt. Ze vertellen het je niet graag, maar als de kanker al onderweg is zal behandeling van het duidelijk waarneembare probleem – long, borst, huid, darm, bloed – niets aan de prognose veranderen.

Ik ben vandaag op de begraafplaats geweest. Denkend aan de doden liep ik tussen de grafgewelven. Op de oudere graven staarden de bekende doodshoofden met gekruiste beenderen me stuitend opgewekt aan. Waarom lijken ze zo blij, die grijnzende, van alle menselijkheid beroofde koppen? Het gegrijns van die schedels wekt de weerzin op van ons levenden, die hier komen met donkere bloemen en ernstige, bedroefde gezichten. Dit is een plek om te treuren, een oord van stilte en verdriet. Wij in onze regenjassen worden terneergedrukt door het verbond van grauwe lucht en grauwe graven. Hier ligt ons aller eind, maar laten we liever de andere kant opkijken. Zolang onze lichamen nog stevig zijn en weerstand bieden aan de snijdende wind kunnen we maar beter niet denken aan het slijk in de kuil of aan de geduldige wortels van de klimop, die ons uiteindelijk zullen weten te vinden.

Zes dragers in lange jassen en witte sjaals droegen het lijk naar het graf. Als je het in dit stadium een graf noemt, verleen je het een zekere waardigheid. In een tuin zou het een geul voor een nieuw bed asperges kunnen zijn. Opvullen met mest en beplanten. Een optimistische kuil. Maar dit is geen aspergebed, dit is de laatste rustplaats van de overledene.

Bekijk de kist eens goed. Dit is massief eikenhout, geen fineer. De handgrepen zijn van massief koper, niet van gelakt staal. De voering van de kist is gemaakt van ruwe zijde, gevuld met zeespons. Ruwe zijde vergaat zo sierlijk. Het vormt een elegant flardenpatroon rondom het lijk. Voeringen van acryl, goedkoop en populair, vergaan niet. Dan kunnen ze je net zo goed in een nylon sok begraven.

Het is nooit een doe-het-zelf-rage geworden. Het maken van je eigen doodkist heeft iets macabers. Alles is als bouwpakket verkrijgbaar: boten, huizen, tuinmeubilair, maar geen doodkisten. Als de gaatjes maar in nette rijen voorgeboord zijn, voorzie ik geen rampen. Is het niet de meest liefdevolle manier om van de beminde afscheid te nemen?

De begrafenis hier vandaag is een zee van bloemen: bleke lelies, witte rozen en treurwilgtakken. Het begint altijd goed en maakt dan langzaam maar zeker plaats voor apathie en plastic tulpen in een melkfles. Het alternatief is een imitatie-Wedgwood vaas, jaar in jaar uit tegen de grafsteen aangedrukt, met een verwaarloosd bloemstukje uit een goedkoop warenhuis erin waardoor de vaas vroeg of laat omkiepert.

Ik vraag me af of ik iets niet begrijp. Soort zoekt soort; misschien zijn de bloemen daarom dood. Misschien zijn ze al dood als ze hier worden neergezet. Misschien denken de mensen dat alles dood moet zijn op een begraafplaats. Daar zit een zekere logica in. Misschien is het onbeleefd om de graven te bedelven onder weelderige zomerpracht en herfstpraal. Voor mezelf heb ik het liefst een rode berberis tegen een steen van roomkleurig marmer.

Om terug te keren tot de kuil, ons voorland. Eén meter vijfentachtig lang, twee meter diep en vijfenzestig centimeter breed zijn de standaardmaten, maar er kan desgewenst van worden afgeweken. Het is een grote gelijkmaker, die kuil, want hoe elegant de kist ook is, rijk en arm krijgen uiteindelijk hetzelfde onderkomen. Lucht omringd door aarde. Kleiner gaan wonen, zoals dat in de volksmond heet.

Een kuil graven is een zwaar karwei. De meeste mensen schijnen dat niet te beseffen. Het is een ouderwets, tijdrovend karwei en het moet gebeuren, ook als het hagelt of vriest. Graven terwijl de blubber door je laarzen dringt. Je leunt even tegen de kant om op adem te komen en je bent meteen kletsnat. In de negentiende eeuw bezweken veel doodgravers aan de vochtigheid. Je eigen graf graven was toen nog geen stijlfiguur.

Voor de nabestaanden is de kuil een angstaanjagende plek. Een duizelingwekkende afgrond van gemis. Dit is de laatste keer dat je naast een dierbare staat en je moet haar achterlaten, hem achterlaten, in een donker gat waar de wormen met hun werk kunnen beginnen.

De laatste blik in de kist voordat het deksel wordt vastgeschroefd blijft de meeste mensen hun leven lang bij en verdringt andere, prettiger beelden. Voor het afzinken, zoals ze in het mortuarium zeggen, moet een lijk worden gewassen, ontsmet, ontvocht, dichtgestopt en opgemaakt. Dat werk werd niet zo lang geleden vaak nog thuis gedaan, maar toen was het geen werk, toen was het nog een daad van liefde.

Wat zou jij doen? Het lichaam aan vreemden toevertrouwen? Het lichaam dat in ziekte en gezondheid naast je heeft gelegen. Het lichaam waar je armen nog steeds naar verlangen, of het nu dood is of niet. Je kende elke spier, was vertrouwd met elke beweging van de oogleden tijdens de slaap. Dit is het lichaam waarop je naam staat geschreven, en nu komt het in vreemde handen.

Je beminde is vertrokken naar een vreemd land. Je roept maar je beminde hoort het niet. Je roept in de velden en in de dalen maar je beminde geeft geen antwoord. De lucht is gesloten en stil, er is daar niemand. De grond is hard en droog. Op die manier komt je beminde niet terug. Misschien ben je slechts door een gordijn van haar gescheiden. Je beminde wacht in de heuvels. Wees geduldig en ga met vlugge voeten, laat je lichaam vallen als een rol perkament.

Ik liep weg van de begrafenis, naar het particuliere deel van de begraafplaats. Men had het laten verwilderen. Engelen en opengeslagen bijbels waren met klimop omgroeid. In de struiken en het onkruid krioelde het leven. De eekhoorntjes die over de graven huppelden en de zingende merel in de boom waren niet geïnteresseerd in sterfelijkheid. Zij hadden genoeg aan worm, noot en zonsopgang.

'Dierbare echtgenote van John.' 'Enige dochter van Andrew en Kate.' 'Zijn leven was geven.' Stof zijt gij en tot stof zult gij wederkeren.

Onder de hulstbomen waren twee mannen met ritmische vastberadenheid een graf aan het delven. De ene tikte tegen zijn pet toen ik voorbijliep en ik voelde me een bedrieger omdat ik een condoleantie in ontvangst nam die mij niet toekwam. In het wegstervende licht klonken het geluid van de schop en de zachte stemmen van de mannen me vrolijk in de oren. Ze gingen straks naar huis om thee te drinken en zich op te frissen. Absurd dat van het dagelijks leven zelfs hier zo'n geruststellende werking uitging.

Ik keek op mijn horloge. Bijna sluitingstijd. Ik moest nu gaan, niet uit angst maar uit eerbied. De zon ging onder achter de rijen berken en wierp lange schaduwen over het pad. De onverzettelijke zerken vingen het licht, het verguldde de diep uitgehakte letters en spatte uiteen op de trompetten van de engelen. De grond wemelde van licht. Niet het gele oker van de lente, maar donker herfstkarmijn. Het bloedseizoen. Er werd al geschoten in het bos.

Ik versnelde mijn stap. Uit dwarsheid wilde ik hier blijven. Wat doen de doden 's nachts? Komen ze te voorschijn, grijnzend tegen de wind die door hun ribben giert? Wat malen ze om de kou? Ik blies in mijn handen en ging door de poort, waarna de nachtwaker hem met een zware ketting afsloot. Sloot hij mij buiten of sloot hij hen in? Hij knipoogde samenzweerderig en klopte tegen zijn kruis, waar een vijftig centimeter lange zaklantaarn op hing. 'Niks ontsnapt me,' zei hij.

Ik holde de weg over, naar het restaurant, een chique gelegenheid naar Frans model maar met hogere prijzen en kortere openingstijden. Ik sprak hier altijd met je af voordat je bij Elgin wegging. Na het vrijen gingen we hier samen naar toe. Je had altijd honger na het vrijen. Je zei dat je mij wel kon opeten, en dat het daarom heel netjes van je was om genoegen te nemen met een tosti. O pardon, een croque-monsieur volgens het menu.

Tot vandaag had ik onze oude trefpunten zorgvuldig gemeden, zoals de rouwverwerkingsboeken adviseren. Tot vandaag hoopte ik je te vinden, of, wat bescheidener, erachter te komen hoe het met je gaat. Ik heb nooit gedacht dat ik Cassandra was, bezocht door dromen. Maar ik word bezocht. De worm van de twijfel heeft allang onderdak gevonden in mijn ingewanden. Ik weet niet meer wat ik moet vertrouwen en wat juist is. Ik put een macaber soort troost uit mijn worm. De wormen die jou zullen opeten eten eerst mij op. Je zult niet voelen hoe de stompe kop zich in je aangetaste weefsel boort. Je zult de blinde vasthoudendheid die korte metten maakt met pees, spier en kraakbeen pas leren kennen als ze op het bot stoot. Als het bot zelf het begeeft. Een straathond kan op me knauwen, zo weinig is er van me over.

Via de uitgang van de begraafplaats kom je hier terecht, in dit restaurant. Gloeiendhete koffie in een actieve keel gieten is een handeling die je onbewust geruststelt. Laat nu de spoken, dwaalgeesten en demonen maar komen als ze durven. Dit is licht en warmte en rook en stevigheid. Ik besloot het restaurant binnen te gaan, uit masochisme, uit gewoonte, uit hoop. Ik dacht dat het me zou kunnen troosten, al viel het me op hoe weinig troost er uit de vertrouwde dingen te putten viel. Hoe haalden ze het in hun hoofd hetzelfde te blijven terwijl zoveel dingen van levensbelang waren veranderd? Waarom ruikt je trui nodeloos naar jou en houdt hij jouw vorm terwijl jij er niet bent om hem te dragen? Ik wil niet aan je herinnerd worden, ik wil jou. Ik heb met de gedachte gespeeld Londen te verlaten, voor een poosje terug te gaan naar dat belachelijke huisje in Yorkshire. Waarom niet? Uithuilen en opnieuw beginnen, is dat niet een van die nuttige clichés?

Oktober. Waarom zou ik blijven? Niets is erger dan drukte om je heen wanneer je alleen bent. In de stad is het altijd druk. Sinds ik in dit restaurant zit, met een calvados en een espresso, is er elf keer een jongen of een meisje binnengekomen voor een afspraak met een jongen of een meisje met een calvados en een espresso. Achter de hoge toonbank van koper en glas staat het personeel in lange schorten grapjes te maken. Er staat muziek aan, soul, iedereen is druk, gelukkig of,

zo te zien, opzettelijk ongelukkig. Die twee daar, hij in gedachten, zij geagiteerd. Het gaat niet goed maar ze praten
tenminste. Ik ben de enige persoon in dit restaurant die alleen is, en vroeger vond ik het heerlijk om alleen te zijn. Dat
was toen ik nog in de gelukkige wetenschap verkeerde dat
spoedig iemand de zware deur zou openduwen en mij zou
zoeken. Ik weet nog dat ik in die periode een uur voor het afgesproken tijdstip aanwezig was om in mijn eentje wat te
drinken en een boek te lezen. Ik vond het bijna jammer als
het uur om was en de deur openging en het tijd was om op te
staan en je op je wang te zoenen en je koude handen warm te
wrijven. Het was het genoegen om in een warme jas door de
sneeuw te lopen, die keuze om alleen te zijn. Wie loopt er
graag naakt door de sneeuw?

Ik rekende af en ging weg. Hier op straat kan ik, vastbera-
den voortstappend, de indruk wekken dat ik een doel heb. Er
brandt licht in mijn flat en jij hebt je, zoals afgesproken, met
je eigen sleutel toegang verschaft. Ik hoef me niet te haasten.
Ik geniet van de avond en de kou op mijn wangen. De zomer
is voorbij, de kou is welkom. Ik heb vandaag de boodschappen gedaan en jij zei dat je zou koken. Ik haal de wijn. De zekerheid dat je er bent geeft me een ontspannen gevoel van
zelfvertrouwen. Ik word verwacht. Er is continuïteit. Er is
vrijheid. We kunnen vliegers zijn en elkaars touw vasthouden. We hoeven niet bang te zijn dat het te hard gaat waaien.

Hier sta ik, voor mijn flat. De lichten zijn uit. De kamers
zijn koud. Je komt niet meer terug. Toch ga ik straks op de
vloer bij de deur zitten om je een brief met mijn adres te
schrijven, die ik morgenochtend voor je achterlaat, als ik ver-

trek. Als je dit leest, stuur dan alsjeblieft antwoord, ik zie je in het restaurant, je komt toch? Ja toch?

Na het geraas van de intercity het trage slingeren van het boemeltje. Tegenwoordig spreken de Britse spoorwegen me aan met 'U, de klant' maar ik geef de voorkeur aan mijn oude roepnaam 'Reiziger'. Vind je ook niet dat 'ik wierp een blik op mijn medereizigers' romantischer en veelbelovender klinkt dan 'ik wierp een blik op de andere klanten in de trein'? Klanten kopen kaas, badsponzen en condooms. Reizigers hebben al die dingen misschien bij zich in hun koffers, maar het is niet de gedachte aan hun aankopen die hen interessant maakt. Een medereiziger kan een avontuur zijn. Het enige wat ik met een andere klant gemeen heb is mijn portefeuille.

In het hoofdstation holde ik langs de galmende intercom en het bord 'Vertragingen'. Achter het bagagedepot liep een klein spoor dat vroeger het enige spoor van dit station was. Jaren geleden waren de gebouwen bordeauxrood geverfd en in de wachtkamer brandde een echte open haard en er lag een exemplaar van het ochtendblad. Als je de stationschef vroeg hoe laat het was trok hij een reusachtig gouden uurwerk uit zijn vestzak en raadpleegde het als een Griek het orakel van Delphi. Het antwoord werd je meegedeeld als een eeuwige waarheid, al was het op dat moment al verleden tijd. Ik was heel jong toen zulke dingen gebeurden, jong genoeg om me onder de dikke buik van de stationschef te kunnen verstoppen terwijl mijn vader hem recht in de ogen keek. Te jong om geacht te mogen worden zelf de waarheid te spreken.

Nu is het kleine spoor ter dood veroordeeld, misschien wordt het vonnis volgend jaar voltrokken. Er is geen wachtkamer meer, geen plek om te schuilen voor de harde wind of de plenzende regen. Dit is een modern perron.

De piepende trein kwam sidderend en boerend tot stilstand. Hij was smerig, vier rijtuigen lang, van de conducteur geen spoor. Van de machinist ook geen spoor, afgezien van een opgevouwen *Sun* achter het raam van de locomotief. Binnen brachten de hete geur van remmen en de vette geur van olie, samen met de onaangeveegde vloer, de bekende spoorwegmisselijkheid teweeg. Ik voelde me er meteen thuis en nam plaats om door een fantasiebevorderend laagje stof naar het landschap te kijken.

In een vacuüm hebben alle fotonen dezelfde snelheid. Hun snelheid neemt af in lucht of water of glas. Hoe kleiner de energie van een foton, hoe kleiner zijn snelheid. Als Tolstoj dat had geweten, zou hij dan de vreselijke dwaling aan het begin van *Anna Karenina* hebben ingezien? 'Alle gelukkige gezinnen lijken op elkaar; elk ongelukkig gezin is ongelukkig op zijn eigen manier.' In werkelijkheid is het andersom. Geluk is iets specifieks. Ongeluk is een generalisatie. Mensen weten doorgaans precies waarom ze gelukkig zijn. Ze weten zelden waarom ze ongelukkig zijn.

Ongeluk is een vacuüm. Een ruimte zonder lucht, een gesmoorde dode plek, verblijfplaats van de ongelukkigen. Ongeluk is een huurkazerne, kamers als legbatterijen, je zit er boven je eigen uitwerpselen, ligt er in je eigen viezigheid. Ongeluk is een weg waar je niet mag stoppen of keren. De mensen achter je duwen je in de rug, de mensen voor je laten je struikelen. Je verplaatst je met een razende vaart, ook al zijn de dagen in lood gemummificeerd. Het gaat zo snel dat je, eenmaal op gang gekomen, geen anker uit de werkelijkheid meer hebt om je snelheid te minderen, niets om je aan vast te houden. Ongeluk slaat de stutten onder het leven weg en werpt je in een vrije val. Hoe jouw persoonlijke hel er ook uitziet, in de stad die Ongeluk heet zul je miljoenen vergelijkbare poelen van ellende aantreffen. Dit is de stad waar alle nachtmerries uitkomen.

Weggeborgen achter het dikke glas van het rijtuig voel ik me heerlijk uitgesloten van elke verantwoordelijkheid. Ik weet dat ik ervoor wegloop maar mijn hart is een steriel gebied geworden waar niets wil groeien. Ik wil de feiten niet onder ogen zien, ik wil niet op adem komen en er een punt achter zetten. In de leeggepompte, droge bedding van mijn hart leer ik te leven zonder zuurstof. Misschien ga ik er op een masochistische manier van genieten. Ik ben te diep gezonken om nog beslissingen te willen nemen en dat brengt een zekere lichtzinnige vrijheid met zich mee. Als je op de maan loopt verliest alles zijn gewicht. Er zijn dode zielen in eenvormige rijen, ruimtepakken te dik om door te voelen, helmen te zwaar om door te spreken. De miljoenen ongelukkigen bewegen zich zonder hoop door de tijd. Er zijn geen klokken in Ongeluk, alleen een onophoudelijk tikken.

De trein heeft vertraging en we staan stil in een doorsteek met geen ander gezelschap dan het geritsel van een avondkrant en het vermoeide trillen van de locomotief. Niets zal dit tafereel van lijdzaam verval komen verstoren. Ik zit met mijn voeten op de besmeurde bekleding. De man die twee stoelen van me af zit snurkt in zijn slaap. We kunnen er niet uit en we kunnen niet verder. Wat maakt het uit? Zak toch even lekker onderuit in deze oververhitte, stilstaande lucht. IN GEVAL VAN NOOD RUITJE STUKSLAAN. Dit is een noodgeval maar ik kan mijn arm niet hoog genoeg optillen om me met een dreun te bevrijden. Ik heb niet de kracht om alarm te slaan. Ik wil me oprichten in mijn volle lengte en kracht, door het raam springen, de scherven van mijn mouw vegen en zeggen: 'Dat was gisteren, dit is vandaag.' Ik wil aanvaarden wat ik heb gedaan en loslaten. Ik kan niet loslaten want Louise kan nog steeds aan het andere eind van het touw zitten.

Het station van het dorp is klein en ligt aan een landweg die tussen akkers met wintertarwe loopt. Er staat nooit een man aan wie je je kaartje moet afgeven, er hangt alleen een gloei-lamp van 40 watt en een bord met de tekst UITGANG →. Ik ben dankbaar voor elk duwtje in de goede richting.

De weg is overdekt met sintels die onder je schoenen een hoog knerpend geluid maken. Je schoenen komen onder de houtskool- en de witte asvlekken te zitten, maar op een re-genachtige avond is dat beter dan modder. Vanavond regent het niet. De lucht is helder en hard, geen wolk te zien, alleen sterren en een dronken maan die op haar rug ligt te rollen. Bij de schutting staat een rij essen die je van de door mensen-hand gemaakte wereld naar het hart van de natuur voert, waar de grond nergens voor deugt, behalve voor schapen. Ik hoor de schapen onzichtbaar knabbelen aan pollen gras, zo dicht als een vacht. Pas op dat je niet van de weg af raakt, er loopt een greppel.

Ik had op die late avond een taxi kunnen nemen in plaats van tien kilometer te gaan lopen zonder zaklantaarn. Het was de klap van de kou, de schok in mijn longen die me het sintelpad opstuurde, weg van het café en de telefoon. Ik slingerde mijn tas over mijn schouder en ging op weg naar de contouren van de heuvel. Omhoog en eroverheen. Vijf kilometer omhoog, vijf kilometer naar beneden. We hebben een keer de hele nacht gelopen, Louise en ik, we liepen het donker uit alsof het een tunnel was. We liepen de morgen tegemoet, de morgen stond ons op te wachten, hij was al volmaakt, een hoge zon boven een uitgestrekte vlakte. Toen ik achterom keek meende ik de duisternis te zien liggen waar we haar hadden achtergelaten. Ik geloofde niet dat ze ons achterna zou komen.

Ik baande me een weg door een kudde koeien. Hun hoeven droegen slavenarmbanden van modder. Mijn eigen voeten zaten vast in een keten van aardkluiten. Ik had het wegvloeiende water niet verwacht: de trage hellingen van de heuvel fungeerden als stroomgebied voor overvolle bronnen. De regen die na een droge zomer op het droge land was gevallen had de waterhoudende grondlagen niet bereikt; hij was niet verder gekomen dan de bronnen waaruit die grond zijn water putte. De bronnen liepen over in kolkende stromen die eindigden in blankstaande padievelden waarin het vee rondwaadde, op zoek naar lang gras. Ik had geluk dat de maan in het water weerkaatste en me een pad wees, modderig maar niet drassig. Mijn stadsschoenen en flinterdunne sokken boden geen bescherming. Mijn lange jas zat al gauw onder de spetters. De koeien reserveerden voor mij de ongelovige blik waarmee dieren op het platteland mensen aanstaren. We zien er zo dwaas uit, we horen totaal niet thuis in de natuur. Wij zijn de indringers die het strenge systeem van jager en prooi komen verstoren. Dieren weten hoe het zit tot ze ons tegenkomen. Nou, vanavond lachen de koeien het laatst en het best. Hun vredig malende kaken, hun ontspannen lichamen, zwart tegen de helling van de heuvel, drijven de spot met die strompelende figuur met zware tas die bijna over ze struikelt. Hé daar! Breng dat vlees terug. Als vegetariër kan ik zelfs niet aan wraak denken. Zou je een koe kunnen doden? Het is een spel dat ik af en toe met mezelf speel. Ik kom niet verder dan een eend, en dan zie ik er een in de vijver, dom kwakend, kont omhoog tijdens het duiken, gele zwemvliezen die door het bruine water snijden. Hem uit het water vissen en hem de nek omdraaien? Ik heb ze wel eens met een geweer uit de lucht gehaald, dat is makkelijker want het gebeurt in de verte. Ik eet niet wat ik niet kan doden. Dat lijkt minderwaardig, hypocriet. Jullie koeien hebben niets van mij te vrezen. Als één lichaam richten de koeien hun kop op. Net als mannen in een openbaar toilet doen koeien en schapen alles gezamenlijk. Ik heb het altijd stuitend gevonden. Wat is de overeenkomst tussen staren, grazen en urineren?

Ik ging pissen achter een bosje. Waarom je midden in de nacht en ver van de bewoonde wereld toch een bosje opzoekt is me ook een raadsel.

Op de top van de heuvel, op droge grond, een fluitende wind en een uitzicht. De lichtjes van het dorp leken op een coördinatensysteem uit de oorlog, een geheime bijeenkomst van huizen en landwegen, toegedekt door de duisternis. Ik ging zitten om een broodje ei en waterkers te eten. Een konijn rende voorbij en keek me aan met die ongelovige blik voordat hij een hol binnenglipte, pluimpje omhoog.

Linten van licht waar de wegen lopen. Felle lampen ver weg op het industrieterrein. In de lucht de rode en groene landingslichten van een vliegtuig vol slaperige mensen. Vlak onder me de zachtere dorpslichten, en in de verte één licht boven de andere, als een lantaarn in een raam. Een lichttoren, bedoeld als oriëntatiepunt. Ik wou dat ik daar woonde. Dat ik erin kon klimmen om te zien waar ik heen ging. Mijn route voerde door donker struikgewas en maakte een scherpe daling voordat ik de lange landweg naar huis bereikte.

Ik mis je, Louise. Geen zee kan het vuur van de liefde blussen, geen overstroming kan haar doen verdrinken. Wat maakt dan een eind aan de liefde? Alleen dit: onachtzaamheid. Je niet zien als je voor me staat. Niet aan je denken als het om de kleine dingen gaat. Je niet ruim baan geven, de tafel niet voor je dekken. Voor jou kiezen uit gewoonte, niet uit verlangen, gedachteloos het bloemenstalletje voorbijlopen. De afwas laten staan, het bed niet opmaken, je 's ochtends negeren en 's nachts gebruik van je maken. Een ander begeren terwijl ik jou op je wang zoen. Je naam zeggen zonder hem te horen, ervan uitgaan dat je alleen een naam hebt opdat ik je kan roepen.

Waarom heb ik je niet gehoord toen je me vertelde dat je niet naar Elgin terugging? Waarom heb ik je ernstige gezicht niet gezien? Ik meende echt dat ik de juiste beslissing nam, om de juiste redenen. De tijd heeft een zekere valsheid aan het licht gebracht. Wat was het werkelijke motief voor mijn opofferingen, mijn overdadige heroïek? Jouw koppigheid of de mijne?

Een vriend van me zei voor ik uit Londen wegging: 'Jouw verhouding met Louise is in ieder geval niet mislukt. Het was de perfecte romance.'

Echt waar? Is dat de prijs van de perfectie? Operaheroïek en een tragische afloop? Of een vruchteloze afloop? De meeste opera's eindigen vruchteloos. Elke goede afloop is een compromis. Zijn dat de keuzemogelijkheden?

Louise, sterren in je ogen, mijn eigen sterrenbeeld. Ik volgde je trouw maar ik keek omlaag. Jij voerde me mee, het huis uit, over de daken, ver voorbij gezond verstand en goed gedrag. Geen compromis. Ik had je moeten vertrouwen maar ik verloor de moed.

Ik krabbelde overeind en zocht denkend of gissend mijn weg door het struikgewas, omlaag naar de landweg. Ik vorderde traag, het duurde anderhalf uur voor ik mijn tas over de laatste greppel gooide en naar de overkant sprong. De maan stond nu hoog aan de hemel en wierp lange schaduwen over de hobbelige weg. Het is stil. Enkel het geluid van een jagende vos tussen de bomen, van de vroege uil, van mijn voeten die over het kiezelzand schuren. Verder is het stil.

Toen ik nog ongeveer een kilometer van mijn huisje was, zag ik dat er licht brandde. Gail Right wist dat ik terugkwam, ik had haar in de bar opgebeld. Ze had voor de kat gezorgd en me beloofd dat ze de haard aan zou maken en wat eten voor me zou klaarzetten. Ik wilde wel het eten en de warmte, maar Gail Right wilde ik niet. Ze zou te groot zijn, te nadrukkelijk aanwezig, en ik had het gevoel dat mijn eigen aanwezigheid met de dag afnam. Ik was moe van het lopen. Mijn lichaam was aangenaam verdoofd. Ik verlangde naar mijn bed, ik wilde alles even vergeten. Ik nam me voor niet op Gails avances in te gaan.

In het maanlicht leek de grond hard bevroren. Hij glansde als zilver onder mijn voeten. Op de plek waar de rivier als een dikke streep tussen de bomen liep, hing een lage nevel. Het water stroomde sonoor en krachtig, een diepe massa. Ik bukte me en spoelde mijn gezicht af, liet de koude druppels over mijn sjaal naar mijn borstkas lopen. Ik schudde het water van me af en kliefde mijn longen met lucht, een hamer van kou die doel trof van maagkuil tot keel. Heel koud nu en boven me een uitspansel van metalen sterren.

Ik ging het huisje binnen, de deur was niet op slot, en daar was Gail Right, half slapend in de stoel. De open haard brandde als een fakkel en ik zag verse bloemen op de tafel. Verse bloemen en een tafelkleed. Nieuwe gordijnen voor het haveloze raam. De moed zonk me in de schoenen. Gail was kennelijk bij me ingetrokken.

Ze werd wakker en bekeek haar gezicht in de spiegel, gaf me toen een kusje en wond mijn sjaal los.

'Je bent drijfnat.'

'Ik heb een poosje bij de rivier gezeten.'

'Je was toch hopelijk niet van plan er een eind aan te maken?'

Ik schudde mijn hoofd en trok mijn jas uit, die te groot voor me leek.

'Ga zitten, schat. De thee is klaar.'

Ik ging in de doorzakkende fauteuil zitten. Is dit de passende afloop? Zo niet, is het dan de onvermijdelijke afloop?

Gail kwam terug met een theepot die dampte alsof het een geest in een fles was. Het was een nieuwe pot, niet dat oude geval vol barsten dat op de plank stond te verschimmelen. Nieuwe potten voor oude.

'Ik heb haar niet kunnen vinden, Gail.'

Ze streelde me. 'Waar heb je gezocht?'

'In alle hoeken en gaten. Ze is verdwenen.'

'Mensen verdwijnen niet.'

'Natuurlijk wel. Ze kwam uit het niets en ze is teruggegaan. Waar ze ook is, ik kan niet bij haar komen.'

'En als dat wél kon?'

'Dan zou ik het doen. Als ik in het hiernamaals geloofde, zou ik me vannacht nog in de forelgevlekte rivier werpen.'

'Niet doen,' zei Gail, 'ik kan niet zwemmen.'

'Denk je dat ze dood is?'

'Denk jij het?'

'Ik heb haar niet kunnen vinden. Ik ben haar zelfs geen moment op het spoor geweest. Het is alsof Louise nooit heeft bestaan, alsof ze een personage in een boek is. Heb ik haar verzonnen?'

'Nee, maar je hebt het wel geprobeerd,' zei Gail. 'Het was niet aan jou om haar te maken.'

'Vind je het niet vreemd dat het leven, afgeschilderd als rijk en vol, een karavaan van avonturen, krimpt tot het niet groter is dan een muntje? Een kop aan de ene kant, een verhaal aan de andere. Iemand van wie je hield en wat er gebeurd is. Dat is het enige wat je aantreft als je je zakken doorzoekt. Het belangrijkste is het gezicht van een ander. Er staat maar één ding in je handen geprent, en dat is zij.'

'Hou je dan nog steeds van haar?'

'Zielsveel.'

'Wat ga je nu doen?'

'Wat kán ik doen? Louise heeft eens gezegd: "Het zijn de clichés die de problemen veroorzaken." Wat wil je dat ik zeg? Dat ik er wel overheen kom? Zo is het toch? De tijd verdooft alle wonden.'

'Het spijt me,' zei Gail.

'Mij ook. Ik wou dat ik haar de waarheid kon vertellen.'

Uit de deuropening van de keuken: Louises gezicht. Bleker, magerder, maar haar haar nog steeds breed en vol en rood als bloed. Ik stak mijn hand uit en voelde haar vingers, ze pakte mijn vingers en bracht ze naar haar mond. Ik brandde me aan het litteken onder de mond. Ben ik stapelgek geworden? Ze is warm.

Hier begint het verhaal, in deze armoedige kamer. De muren exploderen. De ramen zijn veranderd in telescopen. Maan en sterren worden vergroot in deze kamer. De zon hangt boven de schoorsteenmantel. Ik strek mijn hand uit en raak de hoeken van de wereld aan. De wereld is samengepakt in deze kamer. Achter de deur, waar de rivier is, waar de wegen zijn, zullen wij zijn. We kunnen de wereld meenemen als we gaan, de zon in een bundeltje onder je arm. Opschieten, het is al laat. Ik weet niet of dit een goede afloop is maar daar zijn we dan, losgelaten in het open veld.